河合祥一郎
東京大学大学院総合文化研究科教授
日本シェイクスピア協会会長

心を支える シェイクスピアの言葉

あさ出版

はじめに

人生の達人シェイクスピアが紡ぎ出した作品には、心に残る名文句が多数あります。本書では、シェイクスピア全四十戯曲とソネット集から110の言葉を選び出し、一つずつ丁寧な解説をくわえました。人生に生きづらさを感じたとき、心に行き詰まりを感じたとき、あるいは、よりよく生きるヒントがほしいとき、本書を繙《ひもと》いてください。

なお、四十作のなかには、『二人の貴公子』、『エドワード三世』、『サー・トマス・モア』といった共作も入っています。

ヒトゴロシの芝居をイロイロ書いたシェイクスピア――一五六四年生まれの一六一六年没なので、生没年を語呂合わせでヒトゴロシ・イロイロと読みます――は、四百年以上も前の劇作家でありながら、現在に至るまで頻繁に上演され、映画やオペラ、バレエ、絵画などジャンルを問わず広く受容されています。その魅力はどこにあるのでしょう。

それはやはり、シェイクスピアが紡いだ言葉の力にあると言うべきでしょう。

本書を丁寧に読んでいけば、その言葉に籠《こ》められた深い意味をよく理解していただけることと思います。

また、シェイクスピア作品にあまり馴染んでいない読者のために、巻末に全四十戯曲のあらすじを執筆順に掲載しました。ジャンルで分ければ、悲劇が九作（うちローマ史劇四作）、喜劇が十作、歴史劇十二作、問題劇四作、ロマンス劇五作があり、あわせて四十作となります。このうち四大悲劇と呼ばれるのは『ハムレット』、『オセロー』、『リア王』、『マクベス』です。

お気に入りの台詞を見つけて、口に出して言ってみてください。イギリス人相手に原文を言えば、「おっ、シェイクスピア通だね！」と感心されることまちがいなしの有名どころを選びました。翻訳はすべて著者自身の手になるものです。

本書が皆様の心の支えとなりますように。

二〇二〇年一月

河合　祥一郎

Contents

Shakespeare quotes

I 後悔しないために

Shakespeare quotes

II 生き方に迷ったら

Shakespeare quotes III

人間関係に悩んだら

Shakespeare quotes

IV 転機を迎えたら

Shakespeare quotes

V 成長したいときに

Shakespeare quotes

VI 虚しさにおそわれたら

Shakespeare quotes

VII 豊かさについて考えたら

Shakespeare quotes
VIII

恋愛に悩んだら

Shakespeare quotes

I

後悔しないために

1

危ないと思った方が安全なのだ。

――『ハムレット』第一幕第三場

Best safety lies in fear.

Hamlet, Act 1 Scene 3

I

後悔しないために

美しい娘オフィーリアは、デンマーク王子ハムレットから優しい言葉をかけてもらい、贈り物ももらってすっかりうれしくなってしまっているが、兄のレアーティーズは、そんな妹を心配する。ハムレットは一国の王子であり、いずれは王となるお方なのだから、かりに今はおまえを本気で愛してくださっていても、気をつけなければならないと諭《さと》す。

英語を直訳すれば、「最上の安全は、恐れのなかにある」。これは、私たちの生き方にもそのまま当てはまる格言だ。失敗や事故というものは、「大丈夫、大丈夫」と油断しているときに起きるものであり、「大丈夫だろうか」と心配して警戒するときは起こりにくくなるものだからである。

たとえば、車を運転するときも、あの角から子供が飛び出してきやしないか、前を進む自転車は突然こちらへ倒れたりしないかといった「恐れ」を抱きながら運転しなければ、安全は確保できない。日常生活においても、電車が遅れるかもしれないと心配して早めに家を出れば遅刻は防げる。「できる人」「うまくいく人」というのは、常にそうした「恐れ」を抱えて行動する。のんきに行動して「うまくいかない」と文句を言ったり責任転嫁をしたりするのは「できない人」の典型的行動だ。

成功したければ、常に前もって予防策・対応策を考えておかなければならない。

2

しかたのないことは、気にしないこと。
やってしまったことは、済んだことです。

――『マクベス』第三幕第二場

Things without all remedy
Should be without regard. What's done is done.

Macbeth, Act 3 Scene 2

I
後悔しないために

マクベスは、ダンカン王を殺して王位に就きはしたものの、魔女に「王を生み出す者」と予言されたバンクォーは生きており、マクベスの不安は尽きない。自分はバンクォーの末裔のために殺人を犯したのかと不安に苛《さいな》まれる。「こうしていても何にもならぬ。安心してこうしているのでなければ」（第三幕第一場）と考えるマクベスは、不安に駆られるあまり「俺の心はサソリでいっぱいだ」とまで言う。ダンカン王を殺した直後から殺害を後悔していたマクベスだが、マクベス夫人はそんな夫に対して、「やってしまったことを後悔してもしかたがない」と諭《さと》す。

ところが、この後、マクベス夫人の方が先に精神をやられ、夢遊病となって、夜、ベッドから抜け出てさまよい、手についた染みをこすり落とそうといつまでも手をこすりながら、そこにいない夫に向かって「やってしまったことは、もとにはもどりません」(What's done cannot be undone) と言う。この台詞と呼応する台詞だ。

ここでは、過去を水に流して忘れることを促している。思い煩《わずら》ってもどうにもならないことをいつまでもくよくよと考えてもしかたない。それよりも、これからどうしたらよいかを考えるべきだろう。

失敗したときに思い出すとよい台詞だ。

3

賢くゆっくりとだ。駆け出す者は転ぶもの。

――『ロミオとジュリエット』第二幕第三場

Wisely,and slow. They stumble that run fast.
Romeo and Juliet, Act 2 Scene 3

I

後悔しないために

ロレンス神父は、ロミオからジュリエットと結婚させてほしいと訴えられて、両家の不和に終止符を打つためにも二人を結婚させようと考える。気がせいてしかたがないロミオに対して、あわてないようにと、神父はこの台詞を言う。

「急いては事をし損じる」「走ればつまずく」「短気は損気」と同じ。

焦っているときは失敗しがちだ。あわてたせいで失敗したり事故を起こしたりしては、かえって時間がかかる。急がなければならないときは、沈着冷静に確実に行動した方が逆に時間のロスが少ない。

もちろん素早い行動が必要な場合もあり、それらは「善は急げ」「先手必勝」「思い立ったが吉日」「先んずれば人を制す」などのことわざで表現されるが、いずれも早め早めの行動開始をよしとするものであって、行動そのものの速さを促すものではない。早めに行動を開始し、行動それ自体は落ち着いて行うのがベストなのだ。

「ウサギとカメ」のイソップ童話では、カメがSlow and steady wins the race.（ゆっくり着実で競争に勝つ）と言う。まあ、カメほどゆっくりしなくてもよいが、「急ぐときこそ着実に」というのは本当だ。救急車の運転手もこれを遵守している。

急ぐとき、自分に言い聞かせたい台詞だ。

4

人間、時には、おのが運命をも左右する。
いけないのは、ブルータス、星まわりじゃなく、
俺たち自身なのだ。

――『ジュリアス・シーザー』第一幕第二場

Men are some time are masters of their fates;
The fault, dear Brutus, is not in our stars,
But in ourselves, that we are underlings.

Julius Caesar, Act 1 Scene 2

I

後悔しないために

ローマ元老院議員キャシアスは、ジュリアス・シーザー暗殺計画にブルータスを巻きこもうとして説得を続け、この台詞を言う。

占星術はシェイクスピアの時代、学問として流行っていた。小宇宙（ミクロコスモス）とみなされる人間は、大宇宙（マクロコスモス）の動きと呼応しているという新プラトン主義思想がルネサンスで影響力をもったためだ。しかし、ルネサンスでは同時に、人間の「自由意志」という発想が生まれ、人は宇宙に支配されるのではなく、自分の意志でもって自分を作り変えていくことができると考えられるようになった。シェイクスピアの時代とは、人間のありようを狭く規定する中世的世界観から、人間が自由に羽ばたくことのできるルネサンス的世界観へと変わっていった時代だったと言える。

自分を変えようとする登場人物には、野心家や悪党が多い。『オセロー』のイアーゴーは、人を庭師に譬《たと》えて、庭師が庭を作るように、自分が自分を作るのだ（第一幕第三場）と言い、『リア王』のエドマンドも、自分の運勢を星のせいにする人を馬鹿にし、「悪いのは自分のせいなのに、運が悪いなどと言う」と批判する。

要するに、「今日のあなたの運勢」などを読む暇があったら、自分で自分を変えようということだろう。

5

臆病者は死ぬ前に何度も死ぬ思いをするが、
勇者は死を一度しか味わわない。
さまざまに不思議なことを聞いてきたが、
死を恐れることほど妙なことはない。
死とはいわば必然の終わり、
来るときには必ず来るのだから。

——『ジュリアス・シーザー』第二幕第二場

Cowards die many times before their deaths.
The valiant never taste of death but once.
Of all the wonders that I yet have heard,
It seems to me most strange that men should fear,
Seeing that death, a necessary end,
Will come when it will come.

Julius Caesar, **Act 2 Scene 2**

I

後悔しないために

ジュリアス・シーザーは、暗殺される日、夫の死を予感して外出をしないでほしいと願う妻に対して、こう言う。

貴族が帯剣し、男は徴兵される可能性が常にあったエリザベス朝時代において、「臆病者」と「勇者」の区別は重要だった。びくびくしながら戦っては、勝てる戦いも勝てないからだ。

誰だって、死ぬのはいやだ。しかし、自分の死をイメージしておびえても何の意味もない。死ぬときは死ぬのだから、あたふたしてもしかたがない。「死は来るときには必ず来る」という表現は、50ページのハムレットの台詞に類似する。

死が怖いのは、生に執着するからだ。生への執着がなくなるほどに自分の死を深く意識した人は強くなる。二十一世紀最大の演出家ピーター・ブルックは、自分は三十歳で死ぬと思い込んで生きたそうだ。実際は遥かに長く活躍した（二〇一九年現在、九十四歳）。一度「死ぬ気」になった人は、ものすごいパワーを発揮する。『ハムレット』最終場でも、ハムレットは一度自分の死をはっきりとイメージしており、だからこそ、命を懸けて敵の懐に飛び込むことができたと言えよう。

文字どおり「死ぬ気」でやると、道が開けるかも。

6

人の悪事は人が死んだあとも生き、
善行は骨とともに埋められてしまう。

――『ジュリアス・シーザー』第三幕第二場

The evil that men do lives after them,
The good is oft interred with their bones.

Julius Caesar, Act 3 Scene 2

マーク・アントニーは、ブルータスの演説のあとで、亡きシーザーを追悼することを許される。ブルータスの演説は散文だが、このアントニーの演説は弱強五歩格（アイアンビック・ペンタミター）の韻文であり、その劇的な追悼演説によってアントニーは市民たちを暴動へ駆り立てる。「友よ、ローマ人よ、仲間たちよ、耳を貸してくれ！　私はシーザーを埋葬しに来たのであって、称えに来たのではない」で始まるこの演説において、アントニーは死者を褒め称えることの難しさを伝えるべく、この台詞を語る。

「悪事千里を走る」というように、悪いことをするとすぐ噂になる。どんなに世のため人のために尽くしても、一度でも悪いことをすれば、悪い人として記憶されることになってしまう。それまで積みあげてきた善行はすべて忘れ去られ、たった一度の悪事が人々の記憶にしっかりと刻みつけられてしまうのだ。

アントニーはこのことわざを用いて、暗殺されたジュリアス・シーザーは、実は大いに善行を積んできた美徳の人なのだと訴え、大衆の涙を絞る。「シーザーはローマ市民のために働いてきたのに殺された」と訴え、市民たちに暴動を起こさせるのだ。

なお、『ヘンリー八世』第四幕第二場にも「人の悪い行いは真鍮に刻まれ、美徳は水で記される」とある。

7

やろうと思ったことは、思ったときにやるべきだ。でないと、余計なことを言われ、邪魔され、いろいろなことがあるうちに、やる気も弱り、踏み切れなくなる。すると、「やろう」が「やらねば」に変わる。「これさえすればいいのだから」と一息つくと、一息ついて腰が上がらなくなってしまうのだ。

――『ハムレット』第四幕第七場

That we would do,
We should do when we would, for this "would" changes
And hath abatements and delays as many
As there are tongues, are hands, are accidents.
And then this "should" is like a spendthrift sigh
That hurts by easing.

Hamlet, **Act 4 Scene 7**

クローディアスがレアーティーズに言う台詞。

誰でも、「やりたいこと」「やるつもりのこと」をそのまま放置してしまうことがよくある。ぼんやりと「やりたいなあ」と思う程度のことなら忘れてもかまわないのかもしれないが、一度強く「やろう」と決めたことができないでいると、「やらねば」という焦燥感に変わってしまう。

『ハムレット』という劇は、行動への意志はあるのだが、思考に邪魔されて行動までなかなか至れない過程を表現した作品だ。この劇では「行動の三段階」――思いついて、そうしようと決める第一段階、どのように実行したらよいかイメージする第二段階、決行する第三段階――が常に問題とされている。決意は赤い血潮の色なのだが、思考という青白い色に染まると、その勢いが失われて行動の第三段階にまで至らない。

「生きるべきか死ぬべきか」で始まる第四独白の締めくくりは、「こうして、物思う心は、我々をみな臆病にしてしまう。こうして、決意本来の色合いは、青ざめた思考の色に染まり、崇高で偉大なる企ても、色褪せて、流れがそれて、行動という名前を失うのだ」となっている。

熱い思いを失っては、行動できない。

8

求めておきながら、
いざとなると手を出さない者に
二度とチャンスはやってこない。

――『アントニーとクレオパトラ』第二幕第七場

Who seeks, and will not take when once 'tis offer'd,
Shall never find it more.

Antony and Cleopatra, Act 2 Scene 7

I

後悔しないために

三頭政治の一端を担う将軍ポンペイウスの部下ミーナスは、天下をとりたいなら、今、目の前で酒を呑んでいるオクテイヴィアス・シーザーとマーク・アントニーを暗殺したらどうかと、ポンペイウスを唆《そそのか》す。ポンペイウスは「そんな卑怯なことはできない。おまえが黙ってやってくれたらよかったのに」と逆に文句を言う。それを聞いたミーナスは、ポンペイウスを見限ってこの台詞をつぶやく。

よく似た台詞をマクベス夫人も夫に向かって言う――「勇敢な行為をする自分、こうありたいと願う自分になるのが怖いのね。人生の華《はな》と思い定めたものがありながら、自分を臆病者と思って生きるのですか。やるぞと言いながら、できぬと言う。まるでことわざの猫ね、魚は食いたし、濡れたくなし、という」。マクベスの場合も、求めていたのは暗殺のチャンスだった。チャンスが巡《めぐ》ってこないときは、何とかチャンスをものにしようと頑張っていたのに、いざ目の前にそのチャンスがやってきたとたん、マクベスは二の足を踏んでしまう。

いざとなるとおじけづいて狐疑逡巡《こぎしゅんじゅん》するのはよくあることだが、チャンスが来たならつかまなければならない。「カルペ・ディエム（その日をつかめ）」などともいう。ただし、それが悪事なら、引き返すチャンスをつかもう。

9

行動は雄弁だ。

――『コリオレイナス』第三幕第二場

Action is eloquence.

Coriolanus, Act 3 Scene 2

I
後悔しないために

コリオレイナスは、自尊心があまりにも強く、執政官になるために広場で襤褸《ぼろ》をまとって一般市民に支持を求める慣習など自分は絶対にしないと言い張る。しかし、慣習どおりにしなければ執政官の地位につくことはできない。母ヴォラムニアは息子を説得し、「帽子を脱いで大衆に跪《ひざまず》いてみせる仕草は、無知な大衆には言葉よりも雄弁な説得力をもつ」と語る。

口であれこれ言うよりも、行動で示した方がはっきりする。「不言実行」と似ているが、「不言」であろうとなかろうと、行動することで、人にわかってもらえる。「論より証拠」「百聞は一見にしかず」とも言うように、やってみせるのが手っ取り早い。

説得力のある人というのは、実際に自分で行動して、何らかの結果を見せている人だ。自ら何もせずに、ただ口先だけであれこれ言う人の論説を聞いてもあまり説得力がない。その意味では「行動」を「実績」と読み替えてもよい。成果を見せることで人の信用を勝ち得ることができるのだ。

実行が重要ということで言えば、言い出した者からやってみせよという「隗《かい》より始めよ」という表現も、少し似ている。

10

時は人によってちがった流れ方をする。

――『お気に召すまま』第三幕第二場

Time travels in diverse paces with diverse persons.

As You Like It, Act 3 Scene 2

I

後悔しないために

男装したヒロインのロザリンドがオーランドーに語る言葉。

アインシュタインは、「熱いストーブに一分間我慢して手を当てたら一時間くらいに感じられるが、可愛い女の子のそばにいる一時間は一分ほどに感じられる」と言った。シェイクスピアも同じで、挙式を待つ若い娘は七日が七年にも思えるなどと言う。誰にとっても一日二十四時間のはずなのに、状況によって、時間が長く感じられたり短く感じられたりするのはなぜだろうか。

時計が刻む時間をクロノスと呼ぶ。これは常に一定の速さで進み、誰にとっても同じ客観的なものである。これに対して、主観的な時間カイロスは、楽しければあっという間に過ぎ、退屈ならなかなか経過しない。何かに夢中になっているとき、恋をしているとき、興奮してどきどきしているとき、時間が充実するので、あとになってクロノスの経過に気づいて「え、もうこんな時間？」と思ったりする。

カイロスを充実させる生き方をすれば、人生は楽しくてたまらなくなる。同じ時間を過ごしていても、濃い時間を過ごせば、短い人生も長くなる。

最も「濃い」時間を過ごすにはどうしたらいい？

答えはもちろん、「恋」。

11

悪い手段によってよい結果が生まれたことなど
一度もないと理解すべきです。

――『リチャード二世』第二幕第一場

By bad courses may be understood
That their events can never fall out good.

Richard II, Act2 Scene 1

リチャード二世は、アイルランド遠征を行う経費捻出のために、叔父であるランカスター公ジョン・オヴ・ゴーントが亡くなると、その息子のボリングブルックが追放中であることにつけこんで、ランカスター領という広大な土地を自分のものとしてしまう。もう一人の叔父ヨーク公は、好き勝手をする王についに愛想をつかしてこう言う。

たとえよい目的のためであっても、悪い手段をとることは許されない。

果たして、ランカスター公の嫡男ボリングブルックは、自分が受け継ぐべきランカスター領を返せと、大軍を率いて帰国し、その流れのなかでリチャード二世は廃位に追い込まれてしまう。

『ヴェニスの商人』の裁判の場で、バサーニオは、アントーニオの命を救おうとして、「大きな善をなすために、小さな悪をなし」てほしいと訴えるが、ポーシャが扮する裁判官に却下される。

目的は手段を正当化しない。誰かに危害や迷惑を加えるようなことは、どんな理由にせよ許されないのだ。もちろん「禍《わざわい》転じて福となす」とか「怪我の功名」など、結果的にうまくいくこともあるが、これらはネガティブな状況にもかかわらずよい結果が生まれることを指すものであって、「悪い手段」とは話がちがう。

12

賢者は座して災難を嘆くことをせず、
直ちに災難の根を断つものです。

――『リチャード二世』第三幕第二場

Wise men ne'er sit and wail their woes,
But presently prevent the ways to wail.

Richard II, Act 3 Scene 2

カーライル司教がリチャード二世に向かって、ボリングブルックを迎え撃つべきだと主張してこう言う。

ふつう、人は災難に遭《あ》うと、泣き叫んだり嘆いたりしてしまう。それは人間として自然な感情の発露だ。ただ、いつまでもすわりこんで嘆いていてもしかたないので、対応や対策に乗り出さなければならない。賢い人ほど、自分の精神状態をコントロールしてすぐに対応に乗り出す行動力がある。

ポイントは、災難に遭ったときに、動顚《どうてん》せずに、冷静に行動できるかというところだ。パニックになってしまうと、正しい行動ができなくなる。目の前が真っ白になるような状況でも、沈着冷静でいられるようにするためには、そうした非常事態をあらかじめしっかりイメージしておく必要がある。

ただし、シェイクスピアは、ああも言えば、こうも言う人なので、「人に冷静になれなどと説教する人でも、いざ自分がひどい目に遭うとパニックになるもんだ」とも言っている（『から騒ぎ』第五幕第一場のレオナート、『まちがいの喜劇』第二幕第一場のエイドリアーナ）。落ち着かなければいけないのはわかっていても、ついパニックになってしまうのが人間ということだろう。

13

イノシシが追いかけてくる前に逃げ出すとは、
イノシシを刺激して追いかけさせ、
追うつもりがないのに追わせるようなものだ。

――『リチャード三世』第三幕第二場

To fly the boar before the boar pursues
Were to incense the boar to follow us,
And make pursuit where he did mean no chase.

Richard III, Act 3 Scene 2

I

後悔しないために

グロスター公リチャードの野心に気づかないヘイスティング卿は、スタンリー卿から「グロスター公の紋所《もんどころ》であるイノシシに兜《かぶと》を引きちぎられる不吉な夢を見たから、一緒にグロスター公から逃げましょう」と誘われて、こう答える。

一般論として、犬や熊の前から駆け出してはいけないとはよく言われていることだが、それはものの譬《たと》えであり、ここは、罪もないのに罪があるかのような行動をするなという意味だ。悪いことをしていないのに逃げ出したら、まるで悪いことをしたかのように誤解される。

「瓜田《かでん》に履《くつ》をいれず、李下《りか》に冠《かんむり》を正さず」（瓜畑《うり》で靴が脱げても、瓜を盗んでいると誤解されないように、かがんで靴を履き直したりせず、すももの木の下では冠が曲がったからといって、手をのばして直したりしない）と同じだ。

ただし、ヘイスティング卿は、スタンリー卿の言うとおりに逃げておくべきだった。このあとヘイスティング卿は、リチャードから因縁をつけられて殺されてしまうのだ。

悪いことをしていないのだから逃げる理由がないと、『マクベス』のマクダフ夫人も言うのだが、やはり殺されてしまう。殺意という不条理が迫ってくるとき、理屈など意味を失う。危ないと感じたら、三十六計逃げるに如《し》かず。

14

疑いは裏切り者です。
やってみればできるかもしれないものを
試すのを恐れて失うのです。

——『尺には尺を』第一幕第四場

Our doubts are traitors.
And make us lose the good we oft might win
By fearing to attempt.

Measure for Measure, Act 1 Scene 4

聖書では、「汝姦淫《かんいん》するなかれ」という掟が「汝殺すなかれ」と同列になっている。それゆえ、未婚者が性交渉をもつことは、殺人に匹敵する罪であり、死罪に相当する。それが、『尺には尺を』に出てくる法律の意味だ。実際の社会には適用しがたいとして十四年間眠っていたこの法を復活させた公爵代理のアンジェロは、この法に基づき、婚前交渉で娘を妊娠させたクローディオに死刑を宣告する。友人ルーシオは、このことをクローディオの妹イザベラに伝え、兄さんの命乞いをしなさいと勧める。イザベラが自分に何ができるだろうと弱気を見せると、ルーシオはこの台詞を言う。

「私にはできないんじゃないか」と危ぶむことが、自分を裏切ることになるという意味だ。やってみようという勇気を見せなければ、手に入れられるかもしれない利益を失うことになる。

やってみなければわからないという発想は、『終わりよければすべてよし』にも出てくる。

「だめかもと思ったときにだめになる」と言い換えてもいい。

自分を信じて、やれるだけのことをやってみよう。それでうまくいけば自信になるし、うまくいかなくても試みたことを後悔することはないだろう。

15

ほんの一分遅すぎたなんてことになるより
三時間早すぎる方がましだ。

――『ウィンザーの陽気な女房たち』第二幕第二場

Better three hours too soon than a minute too late.
The Merry Wives of Windsor, Act 2 Scene 2

焼き餅焼きの亭主フォードは、十一時に妻が間男と密会するという情報をつかんで、その現場を絶対に捕まえてやろうと思ってこう言う。

機会（チャンス）の女神には前髪しかなく、後頭部が禿《は》げているため、前から来るところを捕まえるしかない。一度逃がしたら、あとから捕まえることはできないと言われていた。成功したかったら早め早めにとりかかり、準備することだ。ぎりぎり何とか間に合えばいいという発想では失敗する。

待ち合わせの時間にも絶対に遅れてはいけない。そうした基本的なことをきちんと厳守する人でなければ、信頼はされない。

忙しいからどうしてもぎりぎりになってしまうのはしかたがないという言い訳はやめよう。「忙しい」という言葉を連呼する人ほど、時間の使い方が下手な人だ。発想を切り替えよう。「忙しい」と感じるのは時間が足りないからであって、それは仕事が遅い（能力が足りない）か、能力以上の仕事を引き受けすぎているかのどちらかだ。

成功への道は早めの十全な準備しかないのだから、いつも駆け込みで間に合わせるような仕事をしている人は、立ち止まって自分の仕事を考え直した方がいい。

早め早めにとりかかるのが成功への秘訣だ。

Shakespeare quotes II

生き方に迷ったら

1

芝居の目的とは、昔も今も、いわば自然に向かって鏡を掲げること。

——『ハムレット』第三幕第二場

The purpose of the play, was and is, to hold as 'twere, a mirror up to Nature.

Hamlet, Act 3 Scene 2

ここでいう「鏡」とは、真実を映し出す「魔法の鏡」のことである。

童話『白雪姫』で、「鏡よ、鏡よ、鏡さん、世界で一番美しいのはだあれ？」と悪い妃が鏡に問いかけると、鏡の前の妃（客観的事実）が映るのではなく、その場にいない白雪姫の姿（客観的でない真実）が映し出されるのと同じで、この鏡には、肉眼では見えない真実を浮かび上がらせる機能がある。

英和辞典でmirrorを引くと、ここに引用した台詞を例文として「ありのままに映し出す」という意味だと定義されていることがあるが、それは誤り。「ありのまま」ではなく、魔法の鏡（あるいは心眼）によってしか見えない真実を映し出すのだ。

現実をありのままに描くリアリズム演劇が生まれるのは、シェイクスピアよりずっとあとの近代演劇においてである。シェイクスピアの時代の演劇はリアリズムではなく、むしろ日本の狂言に近い。

ハムレットは、母ガートルードに向かって「今、鏡をお見せします。心の奥底まで見るがいい」とも言う。心の奥底など、普通の鏡ではとても映せない。魔法の鏡なのだということは、この台詞からもわかるだろう。

あなたの心の奥底を映し出す鏡には、何が映る？

2

縁起担ぎは、なしだ。雀一羽落ちるのにも神の摂理がある。無常の風は、いずれ吹く。今吹くなら、あとでは吹かぬ。あとで吹かぬのなら、今吹く。今でなくとも、いずれは吹く。覚悟がすべてだ。生き残した人生など誰にもわからぬのだから、早めに消えたところでどうということはない。なるようになればよい。

——『ハムレット』第五幕第二場

We defy augury. There is special providence in the fall of a sparrow. If it be now, 'tis not to come. If it be not to come, it will be now. If it be not now, yet it will come—the readiness is all. Since no man of aught he leaves knows, what is't to leave betimes? Let be.

Hamlet, Act 5 Scene 2

ハムレットは、宮廷で剣の試合をするようにとの王の提案を受けるが、いやな胸騒ぎを覚える。親友ホレイシオは、気が進まないなら試合をしない方がいいと勧めるが、ハムレットはこの台詞を言って、運命は受け容れるしかないと語る。

「無常の風が吹く」とは「死ぬ」という意味だ。人はいつか必ず死ぬ。死は、いずれはやってくるのだから、死を恐れていてもしかたがない。

「覚悟がすべてだ」とは、いつ死んでもよいという心構えができているという意味だ。まさに「人事を尽くして天命を待つ」という心境に至っているということ。自分はやれることをやったのか、ベストを尽くしたのか。答えがイエスなら、たとえ死んでも悔いはないだろう。

ハムレットは第四幕まで、自分の力で何とかして不正をただそうとあがくが、第五幕でヨリックの髑髏《しゃれこうべ》を手にして悟りを啓《ひら》く。自力のみを頼ってあれかこれかと悩むのではなく、自分の生の儚《はかな》さを認識して、もう一つ高い次元で、神の導きのまま自力のすべてを出し切って最善の生き方をしようという悟りである。

限りある人生をフルに活かすには、むしろ人生が終わり、自分もまた土に還《かえ》ることを心静かにイメージするとよい。

3

最悪となり、運命に
すっかり打ちのめされてどん底にあっても、
まだ希望はある。恐れることはない。
嘆くべきは上から下へ落ちること。
下から上なら、笑いが待っている。

――『リア王』第四幕第一場

To be worst,
The lowest and most dejected thing of fortune
Stands still in esperance, lives not in fear.
The lamentable change is from the best;
The worst returns to laughter.

King Lear, Act 4 Scene 1

グロスター公爵の嫡男エドガーは、弟に騙《だま》され、命を狙われていると信じて裸で荒野をさまよい、どん底を経験する。それでも、「落ちるところまで落ちたら、あとは上昇するだけ」という楽観的発想をしてこの台詞を言う。

最高の状況にあると、あとは下り坂になるが、下にいるなら上がっていくだけだという理屈だ。

ところが、この台詞を言った直後に、エドガーは、目をつぶされて悲惨な状態になった父親がやってくるのに出会って、「『最悪だ』などと言えるうちは、まだ最悪ではない」(The worst is not so long as we can say, 'This is the worst.') と言い直す。

これまで自分が最悪の状態にあると思っていたが、とんでもなかった。もっとひどい状況があったとショックを受けるのだ。

下には下があるということだ。

シェイクスピア作品では、運命はぐるぐる回る糸車のイメージで捉えられ、上がれば下がり、下がれば上がるものと考えられた。下がりきったかどうかは、回っている本人にはわからない。上がった下がったと一喜一憂せず、目の前のことに集中して一歩一歩歩いていくしかない。

4

どうなろうとも、
時は過ぎる、どんなひどい日でも。

──『マクベス』第一幕第三場

Come what come may,
Time and the hour runs through the roughest day.

Macbeth, Act 1 Scene 3

マクベスは三人の魔女に会って、「王になる」という予言と「コーダーの領主となる」という予言を受け、その直後、本当にコーダーの領主となる。そうなると、「王になる」という予言も実現するかもしれないと考えてしまうのが人情だ。だが、そうだとすると現在の王ダンカンが邪魔だ。マクベスは、王暗殺をイメージして、想像しただけでその恐ろしさに震える。そして、自分が王になる運命なら、自分から行動を起こさなくても王になれるのではないかと考え、思い悩んでこの台詞を言う。

自分がどんなことをするにせよ、その時はやってきて、そして過ぎていくのだ。

人は、思いもかけぬことが起こると、あわてたり、心配したりするものだが、どんなときにも冷静さを失わないようにしたいものだ。そのためには、「どんな困った事態もやがて終わる時が来る」と自分に言い聞かせるのがポイント。

『ロミオとジュリエット』で、追放されたロミオがジュリエットに別れを告げなければならないときに、「今の苦しみも〔やがては〕楽しい話の種になる」と言うように、今の苦しみを乗り越えた先を見据えることができれば、気は楽になる。

122ページの「風が嫌いな人だって、ひどい天気に我慢はできる」も参照のこと。
次のページの「明けない夜はない」もよく似ている。

5

明けない夜はない。

――『マクベス』第四幕第三場

The night is long that never finds the day.

Macbeth, Act 4 Scene 3

マルカム王子がマクダフに向かって、あとは暴君マクベスを倒すのみだと決起を呼びかけるときに言う台詞。どんなに絶望的な暗い夜でも、必ず希望の朝日は差してくる。つらい時間を過ごしているときに、思い出したい台詞だ。

ただし、松岡和子訳のように「明けない夜は長いからな」とするのが、文字どおりの訳である。小田島雄志訳は「どんな長い夜もいつかはきっと明けるのだ」と楽観的な意味になっているが、ここに悲観的意味を読み込むべきだという議論もある（松岡和子訳『マクベス』訳者あとがき参照）。

楽観的なのか悲観的なのか、それが問題だ。

シェイクスピア翻訳のおもしろいところ、そして難しいところは、さまざまな読みの可能性がある点だ。これは妻子を殺されて悲痛になっているマクダフの台詞ではなく、そんなマクダフを慰めようとするマルカムの台詞であることや、マルカムはこの直前で「マクベスは熟れ切った果実ですぐに落ちるのだから、決起しさえすればよい」という意味の言葉を言っていることを考慮すると、マルカムは楽観的にこの台詞を言っているとも解釈できる。「熟れ切った果実」は「熟せば、触れずとも地に落つる」（182ページ参照）という意味だ。

6

あんな小さなロウソクの光が
なんて遠くまで届くことでしょう！
よい行いも、悪い世の中を
あんなふうに照らすのね。

――『ヴェニスの商人』第五幕第一場

How far that little candle throws his beams!
So shines a good deed in a naughty world.

The Merchant of Venice, Act 5 Scene 1

II

生き方に迷ったら

男装して裁判官の務めを無事に果たしたポーシャは、女の恰好にもどって、ネリッサとともにベルモントに帰ってくる。すると、屋敷の中に灯《とも》されたロウソクの光が暗い夜道を遠くまで照らしているのに気づいてこう言う。

「よい行い」は、真っ暗な世の中に灯る小さなロウソクのように、その光は弱々しいかもしれないが、遠くの方まで希望の光をさしのべる。暗闇で光が見えれば、それは多くの人の救いとなる。

すぐれたものは必ず世に知れ渡るという譬《たと》えを東洋に求めれば、『韓詩外伝』に「良玉尺を渡れば十仞《じゅうじん》の土有りといえどもその光をおおうあたわず」（よい宝玉は小さくてもよく光るので、土でおおってもその光を隠せない）というものがある。反対は「好事門を出でず、悪事千里を行く」だ（シェイクスピアの「悪事千里」については26ページを参照されたい）。

きっとポーシャは、アントーニオの命を救った自分の行為を「よい行い」と考えて、良心に何のやましさも感じていないのだろう。だが、ポーシャの行いは、同時にシャイロックの人生を踏みにじるものでもあった。その両義性を認識する観客にとっては、ポーシャの発言にも問題があると感じられることだろう。

7

強い理由は強い行動を生む。

――『ジョン王』第三幕第四場

Strong reasons make strong actions.

King John, Act 3 Scene 4

獅子心王リチャード一世亡きあと、その弟ジョンがイングランド王となったが、本来の王位継承権はジョンの兄ジェフリーの息子アーサーにあった。アーサーの母コンスタンスが王位奪還のためにフランス王フィリップに助力を訴えると、フランス皇太子は、アーサーを擁護し、イングランドへの進軍を決意してこう言う。

人は、時に、頑張ろうと思ってあれやこれやに膨大な労力を割《さ》いたりしがちだが、もしそれが相手のある仕事なら、相手に「強い理由」を示しさえすればよい。しっかりしたデータに基づいて根拠を示せるなら、とるべき行動が明確になる。逆に「強い理由」が示せない場合、どんなに熱心になっても相手を動かすことはできない。

自分に対しても同様で、漠然とした気持ちで行動していると、何か邪魔が入ったり気持ちがそれたりして、やろうとしたことが果たせないことがある（→28ページ）。

当初の動機が弱まって「まあ、いいか」と思ってしまうのは人の常。「今は青い実、木にしがみつこうとも、熟せば、触れずとも地に落つる」と『ハムレット』で語られるのはその意味だ（→１８２ページ）。

行動を貫徹させたいなら、強い理由を心に念じよう。

やりたいとぼんやり思うのでなく、なぜそうすべきかを考えるのだ。

8

一滴の毒が大海を汚せようか、
その大海原が悪を呑み干し、
悪を悪でなくしてしまうのに？

――『エドワード三世』第二幕第一場

What can one drop of poison harm the sea,
Whose hugy vestures can digest the ill
And make it lose his operation?

Edward III, Act 2 Scene 1

立派なはずのエドワード三世は、ソールズベリー伯爵夫人ジョアンの美貌に驚き、恋に落ち、夫人の父親のウォリック伯に命じて娘を差し出させようとする。ウォリック伯はしかたなく王の意に従って、娘を説得してこう言う。

夫がいながら王に抱かれるのは罪であり悪であるが、「大海原」にも比すべき王の意向なのだから、悪とは言えないという意味。『オセロー』でも、エミーリアが「悪いことをしてこの世界が自分のものとなるなら、この世界の支配者として、それを悪いことではないとすればいい」という意味のことを言う。

ちなみに、『エドワード三世』はシェイクスピアが後輩の劇作家ジョン・フレッチャーと共同で執筆した作品だが、この三行はシェイクスピアが書いたのにまちがいないと、ケンブリッジ大学のジョン・ケリガン教授をはじめとするシェイクスピア学者は考える。

一滴の毒でも大海を汚すのだ。かつて、海に水銀を流して水俣病が起きたが、海洋汚染はいまだに問題だ。現在では、水に溶けないプラスチックごみなどによる汚染が大きな問題となっている。

少しくらい悪いことをしても大したことはないだろうという発想は、やめなければならない。

9

不幸というものは、
耐える力が弱いと見てとると、
そこに重くのしかかる。

――『リチャード二世』第一幕第三場

Woe doth the heavier sit
Where it perceives it is but faintly borne.

Richard II, Act 1 Scene 3

王リチャード二世から六年の追放を命じられたヘンリー・ボリングブルックに対して、その父親のランカスター公ジョン・オヴ・ゴーントは、「追放されたと考えずに、留学しに他国へ行くのだ」と考えよと、このような言葉を与える。

同じようなつらい境遇にあっても、ストレスになってしまう人と、打たれ強い人とがいる。心の持ちようで不幸の大きさが変わってくる。

気落ちして、自信を喪失していると、物事は決して好転しない。憂鬱になり、気弱になっていると「悪魔につけこまれる」とハムレットは考える。

『オセロー』では娘を失ったと嘆くブラバンショーに公爵がこう語る。

過ぎ去りし不幸を嘆く未練者、
新たな不幸を招くもの。
運に奪われ、なくした悲しみ、
忍耐あれば薄れる苦しみ。
奪われて微笑む者は、奪い返せる、泥棒から。
無益な悲嘆に暮れるなら、安らぎ奪う、己《おのれ》から。

強い忍耐力を持てと、シェイクスピアは説いている。

10

もう一度あの突破口へ、諸君、もう一度だ。
でなくばイギリス兵の死体で
あの穴を塞《ふさ》いでしまえ。
平和時には、控えめな静けさと謙遜ほど
男にふさわしいものはないが、
いくさの嵐が耳をつんざくとき、
虎の行為を真似るのだ。

——『ヘンリー五世』第三幕第一場

Once more unto the breach, dear friends, once more,
Or close the wall up with our English dead.
In peace there's nothing so becomes a man
As modest stillness and humility:
But when the blast of war blows in our ears,
Then imitate the action of the tiger.

Henry V, Act 3 Scene 1

ハーフラーの戦い（フランス語読みでは、アルフルール包囲戦、一四一五年）でフランスに勝利するとき、ヘンリー五世はこう語って兵士たちを鼓舞する。

頑張りたいときや「あきらめるな」と言いたいときに引用されることが多い台詞だ。勇ましい台詞だが、要するに「突っ込め！」ということであり、突っ込んだ結果、死体となって穴を塞ぐことになる兵士たちのことを、あまり思いやらない台詞でもある。

かつてはこういう台詞で単純に盛り上がって突っ込んでしまう血気盛んな人たちが多かったが、最近では、戦争に対してもっと真剣に考える風潮が高まり、こうした台詞を単に「かっこいい台詞」として終わりにすることができなくなってきた。

シェイクスピア自身、『ヘンリー五世』において、戦場で死んでいく兵士たちの声を拾い、突撃を命じる王の矛盾を描き込んでいる。戦争をすれば人は死ぬということを、シェイクスピアはきちんと描いているのだ。

台詞の後半の、男は虎となれという発言も、ジェンダーへの意識が高まる現代では問題発言だろう。

とは言え、最初の「もう一度あの突破口へ、諸君、もう一度だ」は、抽象的な意味で用いることができる。

11

正しくあれ、そして恐れるな。

――『ヘンリー八世』第三幕第二場

Be just and fear not.

Henry VIII, Act 3 Scene 2

栄耀栄華を極めた枢機卿ウルジーは失脚して強く反省し、部下のクロムウェルに同じ失敗を繰り返さないように、野心を抱かず国のために尽くせと言葉をかける。

この言葉は、国連事務次長も務め、『武士道』を著した新渡戸稲造の座右の銘でもある。新渡戸はその『自警録』で、次のように記している。

——要するに心のうちさえさっぱり晴れているなら、何事に逢っても怖いことも恐ろしいこともなくなると僕は確信する。ゆえに人の前に出るにあたり怖気が起こったならちょっと退いて、

「己れの心に忌《いわま》しい点があるか」

と反問するが肝腎である。臆病なる僕に一大興奮剤となった教訓は沙翁の Be just and fear not の一言である。——

『自警録』では、新渡戸が初めて英語演説をした際の怖気をいかにして止めたかが語られる。自信のなさや会場の雰囲気に呑まれた新渡戸は、非常に動揺してしまっていたのだが、英語が下手であろうが自分には伝えるべきことがあると自覚し、相手（聴衆）を信じたことで怖気はおさまったと語るのである。

新渡戸のように、シェイクスピアから学びたいものだ。

12

人生は禍福《かふく》を糾《あざな》える縄のごとし。

――『終わりよければすべてよし』第四幕第三場

The web of our life is of a mingled yarn, good and ill together.

All's Well That Ends Well, Act 4 Scene 3

フランス人貴族二人の会話のなかで、ロシリオン伯爵バートラムの妻が死んだという（誤った）情報のもとに、こんな会話が交わされる。

「泣きたくなる、伯爵がその訃報を聞いて喜んでいると思うと」「人は時に、損をしながらなんと喜ぶことか」「そしてまた、得をしながらなんと悲しむことか」

その直後に、この名文句がくる。

「楽あれば苦あり、苦あれば楽あり」や「一喜一憂」のように、人生には喜びも悲しみもあるという意味ではあるが、その真意は「人間万事塞翁《さいおう》が馬」に近く、不幸だと思うことは実は幸福で、幸福だと思うことが実は不幸だったりするという意味である。

ちなみに塞翁が馬の話は、老人の馬が行方不明になり、これは不幸だと人々が思うと、老人は幸《さち》だと言い、馬はすばらしい馬を連れて帰ってきた。人々が祝うと、老人はこれを禍《わざわい》だと言い、果たして老人の息子が落馬して足の骨を折った。人々が慰めると、老人は幸だと言い、老人の子だけが兵役を免れて助かったというもの。

不運と思えること――たとえば原稿のデータを消してしまった！――が起こっても、「あの原稿はもう一度書き直すべきだったのだ」などとポジティブに考えることができれば、ストレス・フリーな生き方ができるようになる。

13

終わりよければ、すべてよし。
結末こそがすべてです。
途中の道がどうであれ、
最後が花を添えるのです。

――『終わりよければすべてよし』第四幕第四場

All's well that ends well; still the fine's the crown.
Whate'er the course, the end is the renown.

All's Well That Ends Well, Act 4 Scene 4

幼い頃から憧れていたロシリオン伯爵バートラムと、王の命令によって結婚できたヘレナだったが、バートラムは身分の低いヘレナを嫌い、「俺の子を宿し、俺の指輪をはめたら、妻として認めてやる。だが、その日はやってこない」と宣告する。ヘレナは、夫が出征先で美しい婦人ダイアナを口説いていることを知り、ダイアナに「バートラムの要求を受け入れるふりをしてください。そして、夜、あなたのベッドに、あなたの代わりに私に入らせてください」とお願いする。そして、暗闇のなか、夫は妻であると気づかずに、ヘレナを抱き、指輪を交換するのだった。うまくいったあと、ヘレナがダイアナに語る台詞がこれだ。劇全体のタイトルになっている。

ヘレナは、もう一度、ことがうまく運ばないように見えるときに、「終わりよければ、すべてよし」の台詞を口にする。驚くほど意志の強い女性だ。

どんなにつらい思いをしようと、最後に「よかった」と思えればそれでよいのだというこ と。金メダルを狙う選手もこんなことを自分に言い聞かせて頑張っているのだろうか。つらいときに思い出したい台詞だ。

結果がすべてだと思えるときは、強気でやるしかない。

しかし、どこかで運も信じていなければやっていられない（↓132ページ）。

14

私たちは夢を織り成す糸のようなものだ。
そのささやかな人生は
眠りによって締めくくられる。

——『テンペスト』第四幕第一場

We are such stuff
As dreams are made on: and our little life
Is rounded with a sleep.

The Tempest, Act 4 Scene 1

元ミラノ公爵プロスペローは、娘ミランダとその恋人であるナポリ王子ファーディナンドに、妖精たちが演じるショーを見せる。その余興はたちまち消え去り、演じていた妖精たちも空気のなかへ消えていく。それと同様に、私たちの人生も儚《はかな》く消え去るのだとプロスペローは語る。なぜなら私たちは、夢を形作る材料と同じものであり、夢が消えるように、私たちもまた消えるのだから。

人生を締めくくる「眠り」とは、「死」のことだ。ここには、人生の儚さを考える「メメント・モーリ（死を想え）」の思想がある。

プロスペローが妖精たちの演じるショーが消え去るのを見ながらこう言った背景には、人生を芝居に譬《たと》える「世界劇場」（テアトラム・ムンディ）の考えもある。人生という芝居は、死によって終わるのだ。

『夏の夜の夢』第五幕第一場で、テーセウス公爵は、ボトムらが演じる滑稽な芝居を見ながら「最高級の芝居だって、影にすぎぬ」と言う。

芝居はフィクション（虚構）であり、実体のない影だ。そして、私たち自身の人生という芝居も、影や夢のように儚く消えゆくものなのだ。

「邯鄲《かんたん》の夢」の話と同様、人生は夢なのである。

15

人生は短い。
その短い人生も下劣に生きれば長すぎる。

――『ヘンリー四世』第一部第五幕第二場

The time of life is short.
To spend that shortness basely were too long.

Henry IV, Part 1 ,Act 5 Scene 2

ヘンリー四世が正統な王ではないと知ったヘンリー・パーシーは、王を打倒すべしと気炎をあげてこう言う。

パーシーは功名心が強く、「熱い拍車（ホットスパー）」という渾名《あだな》が示すように、火のような性格で、だらだらとした生き方など絶対にできない、思い立ったら激しく行動し、太く短く生きるタイプだ。

人生は短い。ハムレットも「人生など一つと数えるあいだのことだからな」（第五幕第二場）と言う。死が強く意識されていたからだ。

人の命の儚《はかな》さを強く認識させる「メメント・モーリ（死を想え）」という当時の発想の根底にあったのは、人は塵《ちり》（土）から生まれ、塵（土）に還るというキリスト教の考えであった。ハムレットも「哀れヨリック」と言いながら、髑髏《しゃれこうべ》を手にして、死を瞑想する。やがて朽ちていく肉体という土をまとった人間は、現世という仮の世に束の間の命を与えられているにすぎず、やがては天の神のもとへ帰らなければならない。

短い人生とは、すぐに消えてしまう蠟燭《ろうそく》、すぐに幕切れが来てしまう芝居のようなものなのだ（↓196ページ）。

短い人生だからこそ、大切に生きなければならない。

Shakespeare quotes

III

人間関係に悩んだら

1

人は微笑《ほほえ》んで、微笑んで、
しかも悪党たりえる。

――『ハムレット』第一幕第五場

That one may smile and smile and be a villain.
Hamlet, Act 1 Scene 5

「現在王冠を戴いている国王クローディアスは先代王を殺害した悪党だ」と亡霊に告げられ、ハムレットは、叔父の笑顔を思い浮かべながらこう語る。

いかにも悪党面《づら》をして悪さを働くのは、ある意味わかりやすい。たちが悪いのは、にこやかな顔をして人を騙《だま》すやつだ。しかし、「顔を見て人の心を読み取る術はない」と『マクベス』第一幕第四場でダンカン王が言うように、善人そうな顔をした人も裏で悪いことをしているかもしれない。第二幕第三場では、ダンカン王を殺された王子ドナルベインが「ここでは、笑顔の陰に短剣が潜む」と言って逃げ出す。

『オセロー』でも、正直者のイアーゴーと呼ばれていた悪党に将軍オセローは騙される。

『リチャード三世』第三幕第一場では、「見かけというもの、神もご存じだが、心と合致することはあまり、いやまったくない」と悪党リチャード自身が語る。そのリチャードは、グロスター伯だったとき、「俺は微笑んで、微笑みながら人を殺すことができる」（『ヘンリー六世』第三部第三幕第二場）と言っている。

見せかけと内実、外見と本質はちがうというテーマは、シェイクスピア作品に頻出する（→２０６ページ）。

2

辛抱の足りないやつはどうしようもないな！
どんな傷だって少しずつ癒《い》えるもんだ。
ちちんぷいぷいってわけにはいかない。頭を使え。
知恵ってのは、ゆっくりとした時とともに進むんだ。

――『オセロー』第二幕第三場

How poor are they that have not patience!
What wound did ever heal but by degrees?
Thou know'st we work by wit and not by witchcraft,
And wit depends on dilatory time.

Othello, Act 2 Scene 3

田舎紳士ロダリーゴーは、美しいデズデモーナと懇《ねんご》ろの関係にしてやると悪党イアーゴーに騙《だま》され、金を出させられ、殴られ、さんざんな目に遭《あ》ったあげく、もうデズデモーナのことはあきらめてヴェニスに帰ると言い出す。まだ彼を利用したいイアーゴーは、この台詞を言って巧みにロダリーゴーをまるめこむ。イアーゴーは、このように格言めいた台詞を多用するが、すべて相手を言いくるめるための手管にすぎない。

辛抱が肝腎ということは、シェイクスピア作品のあちこちで語られる。それは、辛抱が「謙遜」「慈愛」「慈悲」「勤勉」「辛抱」「節制」「貞節」という七つの美徳の一つだからだろう。しかし、劇に描いておもしろいのは、「傲慢」「憤怒」「嫉妬」「怠惰」「強欲」「暴食」「色欲」という七大罪の方であり、シェイクスピアは登場人物たちに「辛抱などできるものか」と叫ばせることが多い。『から騒ぎ』第五幕第一場のレオナートは、「忍耐しなさい」と弟から諭《さと》されて、「悲しみに押しつぶされている者に忍耐を説くことは誰でもすることだが、どんなに徳があって、ものがわかった人でも、自分自身がそのような目に遭えば、忍耐はできんのだ」と語る。

早く結果を出せとせっつかれたら、「『どんな傷だって少しずつ癒えるもので、辛抱が大切だ』とシェイクスピアも言っています」と、ごまかしてみよう。

3

目の前にある恐怖など、
恐ろしい想像と比べたら大したことはない。

――『マクベス』第一幕第三場

Present fears are less than horrible imaginings.
Macbeth, Act 1 Scene 3

将軍マクベスは、荒野で三人の魔女たちから「やがて王となる」と予言されたため、ダンカン王暗殺を想像してしまい、「その恐ろしい光景を思い描くだけで総毛立ち、いつもの自分に似合わず、心臓が激しく鼓動」すると言い、この台詞を言う。

マクベスは戦争から帰還したので、「目の前にある恐怖」とは、戦場での殺戮《さつりく》行為を指すと考えられる。戦場で人を殺すのは予期される行為であり、特別なことではないが、多くの民に慕われている善良な国王を暗殺するということは思いもよらないことであり、想像しただけでひどい恐怖に襲われるというわけだ。

この台詞のあと、「まだ殺人を想像しただけなのに、その思いはこの体をがたつかせる。思っただけで五感の働きがとまってしまう。あると思えるものは、実際にはありもしないものだけだ（Nothing is, but what is not)」と続く。最後の文はいかにもシェイクスピアらしい言い回しだが、ここでの is は exists と同義で、「実在しないもの以外、何も存在しない」という意味。心のなかで捉えたもの（心像＝ファンタズマ）こそがその人の世界を形づくるという、シェイクスピアの認識論になっている。

現実社会で驚くようなひどい殺人事件が起きているが、それらも最初は殺人者の思い描いた「恐ろしい想像」だったわけである。

4

楽しい骨折りは苦労にはならぬ。

――『マクベス』第二幕第三場

The labour we delight in physics pain.

***Macbeth*, Act 2 Scene 3**

ダンカン王を暗殺した翌朝、何喰わぬ顔をしてマクベスは、貴族マクダフを城に迎える。マクダフから「お勤めご苦労様」と声をかけられて、マクベスはこう答える。

マクベスは、王とその一行をもてなして喜んでもらえたのはうれしいので、もてなしのためにした苦労は苦労にならないという意味で言っている。人に喜んでもらえると、人間は満足を感じるものだ。

何かのお礼を言われたときに「私の喜びです(My pleasure)」と答える英語の表現もある。誰かに喜んでもらえることが、自分の喜びになる。感謝の喜びを表明された場合は、Pleasure is mine(こちらこそ)と言うこともできる。

『ヴェニスの商人』でも、無事に裁判官役を演じてアントーニオの命を救ったポーシャは、バサーニオらからお礼を言われて「お役に立てたことで十分見返りを得た。それ以上のものを求めようとは思いません」と答える。仕事をするのは金銭的な報酬を得るためではなく、誰かの役に立ちたいからだという発想は、とても重要だ。労働を雇用契約のみで考えるドライな考え方をすると、人生が味気ないものになってしまう。

人に対してのみならず、自分に対しても楽しむことは大切だ。「楽しんでやればつらさは忘れられる」(164ページ)も参照のこと。

5

人間ってなんて馬鹿なんでしょ！

――『夏の夜の夢』第三幕第二場

Lord, what fools these mortals be!

A Midsummer Night's Dream, Act 3 Scene 2

妖精パックが、恋の騒動に走り回る恋人たちの様子を見て言う台詞。決して人間を軽蔑して言うのではない。根底にあるのは「人間とは愚かな存在なのだ」という人文主義（ユマニスム）思想だ。常に正しいのは神のみであり、人間はまちがえるものであって、愚かな存在だと認識すべきだという思想である。

シェイクスピアは、この人文主義思想に基づいて作品を描いている。人文主義者には、『痴愚神礼讃』を著したエラスムス（一四六六～一五三六）や、『ユートピア』を著したサー・トマス・モア（一四七八～一五三五）などがいる。トマス・モアは、シェイクスピアが他の劇作家たちと共同で劇に仕立てた人物である（258ページ参照）。

人間は愚かなことをするから人間的なのだ。

なかでも最もすてきな愚行が恋愛だ。

妖精パックは、恋人たちの恋の騒動を見守りながら、そのおめでたさを言祝《ことほ》いでいる。なお、「人間」という語は、英語ではmortals（死すべき運命の者）であり、ここにはメメント・モーリ（死を想え）の思想がある。

「あたしって馬鹿だわ」と思いつつ、そんな自分を愛することができたら、最もシェイクスピア的な生き方をしていると言えるだろう。

6

高く聳《そび》えれば聳えるほど風当たりは強い。
落ちれば、こなごなになる。

——『リチャード三世』第一幕第三場

They that stand high have many blasts to shake them,
And if they fall, they dash themselves to pieces.

Richard III, Act 1 Scene 3

薔薇戦争において王権争いに負けたランカスター家の元王妃マーガレットは、現王妃のヨーク家の親族に向かって、高みから落ちるみじめさを知れと恨みをぶちまける。高位にある者はそれだけ批判も受けるし、失墜したら立ち直れないという意味であり、「高い木には風が当たる」「高木は風に折らる」「出る杭は打たれる」「誉れは謗《そし》りのもと」ということわざも似たような趣旨だ。

社会的に高い立場にある人間にはノブレス・オブリージュ（仏 noblesse oblige 英 noble obligation 高貴な義務）があり、社会に貢献するのが当然という考え方がある。それゆえ社会的な注目を受ける人は、普通の人以上の活躍をするのが当たり前で、それができないと、批判されたり陰口を言われたりしやすいのだ。

当時、運命の女神が糸車を回し、その回転に応じて人は上がったり下がったりするというイメージがあった（↓53ページ）。『リア王』第五幕第三場では、高みを狙ったエドマンドが「運命の糸車がぐるりと一巡りして、俺はこのざまだ」と、自分が地に落ちたことを語るし、『アントニーとクレオパトラ』第四幕第十五場では、瀕死のアントニーを前にしてクレオパトラは運命を罵り、その糸車を壊してしまうがよいと嘆く。

何事も中庸がよいのかもしれない。

7

大いに期待されるときに期待が外れ、
希望なく絶望しかないときに、
うまくいくこともあるものです。

――『終わりよければすべてよし』第二幕第一場

Oft expectation fails and most oft there
Where most it promises, and oft it hits
Where hope is coldest and despair most fits.

***All's Well That Ends Well*, Act 2 Scene 1**

王の難病を治したら何でも望みをかなえてくれると聞きつけたヘレナは、王のもとへやってくるが、王から「すでに医学界の俊英が集まって、人間の技術では治せないと結論を出しているから、試すに及ばない」と言われて、こう答える。

「期待はあらゆる心痛のもと」(Expectation is the root of all heartache)という言葉がシェイクスピアの名言として言及されることがあるが、実はシェイクスピアにそんな言葉はない。一番近いのがヘレナのこの台詞。

期待が大きいとそれが満たされなかったときの失望も大きい。人間関係(特に夫婦関係)では、相手がしてくれることを当然と考えて感謝を表明しなかったり、その期待が応えられないと不満をもらしたりして、ぎくしゃくしてしまうことがある。コミュニケーションをしっかりとる必要がある。何かをしてもらいたいときは、相手にはっきりと伝えよう。そして、思いどおりにならなくても、相手を責めたりせずに、こちらの説明が足りなかったのかもしれないと考えよう。

逆に「棚から牡丹餅」のことわざにもあるように、期待していないと、喜びは大きくなる。「期待しない」、だから「失望も絶望もしない」のは、ストレス・フリーの生き方をするには大切な基本だ。

8

どんなよい人でも罪から生まれると言います。
そして、少し悪いところがあるからこそ、
どんどんよくなるものなのです。

——『尺には尺を』第五幕第一場

They say best men are moulded out of faults,
And for the most, become much more the better
For being a little bad.

Measure for Measure, Act 5 Scene 1

『尺には尺を』最後の裁きの場、公爵の前でマリアーナは跪《ひざまず》いて、夫アンジェロの罪の赦免を請うてこう語る。

人には原罪があり、誰もが罪人だ――「すべての人は罪びとです」（「ローマの信徒への手紙」第三章第九～二十節）――という認識があれば、互いに赦《ゆる》し合うという発想が生まれる。自分はまちがったことは何一つしていないという心を持つことは、精神衛生上は結構だが、自分が気づいていないうちに誰かに迷惑をかけているかもしれないと考えることも、また大切。

自分の正義をふりかざして傲慢に振る舞うのではなく、ひょっとすると自分にもいけないところがなかっただろうかと、常に自分を戒めるように振る舞うべきだろう。

己の愚を認めるべきとは、人文主義の発想だ。

人はみな過《あやま》つものなのだ。

正しさは、自分のなかだけで持てばよいものであり、他者に押しつけるものではない。あなたの正しさは、ほかの人にとっては正しさではないかもしれないのだから。

己の正義を他者にも求めるといざこざが起きる。国同士でそれをやれば戦争になる。正義は一つではないということは、国家間の紛争を見ればわかるだろう。

9

ああ、憤怒が寡黙で、
怒りが黙っていることがあろうか。

――『タイタス・アンドロニカス』第五幕第三場

O, why should wrath be mute, and fury dumb?
Titus Andronicus, Act 5 Scene 3

悪党アーロンの台詞。このあと「この俺は、くだらぬ祈りで自分が犯した悪事を悔いたりする赤ん坊ではない。やれるものなら、これまでの一万倍もの悪事を働きたかったところだ。俺の生涯で一つでも善行を行ったとしたら、俺は心のそこからそれを悔やむ」と嘯《うそぶ》く。

そもそも憤怒とは七大罪の一つであり、忍耐や節制によって抑えられるべきものなのだが、悪党アーロンが忍耐などするはずもなく、激しい怒りがぶちまけられる。

悪党アーロンのように、個人的な怒りをやかましく怒鳴り散らしてもしかたない。乱暴者や悪質クレーマーの憤怒の訴えは迷惑行為でしかない。頭に血がのぼっている人に対しては、ガートルードが息子のハムレットに言ったように、「乱れた心の熱い炎に、忍耐の冷たい水をおかけなさい」と言うしかない。

しかし、社会に不正や非道があったら黙っているべきではない。声をあげて抗議すべきだ。もちろんシェイクスピアも描くように、社会的権力を持つ者の不正をただすのは容易ではないが、怒りの声をあげなければ、社会は変わらない。

怒りを感じたら、それが単に自分の個人的な感情に根差すものなのか、それとも、他の人々にも呼びかけて大きな声にしていくべきことなのか、考えよう。

10

すべてを赦《ゆる》そう。

――『シンベリン』第五幕第五場

Pardon's the word to all.

Cymbeline, Act 5 Scene 5

妻の不義という嘘を吹き込まれて人生を台無しにされかかったポステュマスは、跪《ひざまず》いて赦《ゆる》しを乞う悪党ヤーキモーを赦す。それを見て、シンベリン王がこの台詞を語る。

赦しはロマンス劇の重要なテーマの一つだ。赦すとは、相手から受けたひどい行為を忘れるという意味ではない。赦しは、過ぎたことは過ぎたこととして水に流しましょうというのでもない。

たとえば絶対に赦せないというひどいことをされた場合、人はその犯行やそれゆえに受けた苦痛を繰り返し思って、赦せないという思いを募らせるものだ。それは人間である以上自然な感情だ。それでも「赦そう」と思える人は、自分自身が生かされているという認識を持っている人である。「神がキリストにおいてあなたがたを赦してくださったように、互いに赦し合いなさい」（「エペソ人への手紙」第四章第三十二節）や、「私たちの負いめをお赦しください。私たちも、私たちに負いめのある人たちを赦しました」（「マタイの福音書」第六章第十二節）など、新約聖書の言葉にあるように、自らの罪も神に赦してもらおうと考える人が他者をも赦せるのだ。

赦しとは、神の前では相手も自分も同じ儚《はかな》い存在であると認識し、相手の存在を受け容れるということなのである。

11

残酷なことを言うのも親切のため。

――『ハムレット』第三幕第四場

I must be cruel only to be kind.

Hamlet, Act 3 Scene 4

「居室の場」で、ハムレットは母ガートルードを激しく責めるが、それは母を思ってのことだ。ハムレットは母に、もう叔父のベッドには近づくなと諭《さと》し、「天に懺悔をし、過去を悔い、これからの罪を避ける」ようにと強く言う。

Kindという語は、元来、「種類」「つながり」を指す語であり、親子などの血のつながりがあれば当然湧いてくる〝情〟のことを指した。母であれば自分が産んだ幼子に対して自然に愛情が湧く。そこから「やさしい」という意味が生まれてくるようになった。

相手のことを本当に思うなら、時にはつらいことも言わなければならない。

日本語の表現として近いのは、「心を鬼にする」「良薬は口に苦し」「忠言耳に逆らう」といったところか。

たとえば、その気がないなら、曖昧な態度をとらないで、はっきりと断りの気持ちを伝えた方が相手のためだ。希望があるかもと思わせてしまうのは、かえって残酷だ。だめなことはだめとはっきり言おう。

子供の教育に関しては、甘やかさず、自分でできるようにしつけるためには心を鬼にすることも必要だが、本当の鬼になってはいけない。

どんなときにも情（kind）を忘れずに。

12

ああ、恩知らずの姿を見せるときほど、
おぞましい人間の姿はない！

――『アテネのタイモン』第三幕第二場

O see the monstrousness of man,
When he looks out in an ungrateful shape!

Timon of Athens, Act 3 Scene 2

III

人間関係に悩んだら

タイモンが父親同然に世話をしてやった貴族がタイモンを見捨てたという話を聞いて、登場人物の一人がこう叫ぶ。

忘恩は、『リア王』のテーマでもある。リアは長女ゴネリルから冷たい仕打ちを受けると、「ああ、この石の心の悪魔、〝恩知らず〟め、おまえが子供のなかに宿ると、海の化け物よりも忌《いま》わしい」（第一幕第四場）と言い、次に次女リーガンに向かって「天に蓄えられたありとあらゆる懲罰よ、こいつの恩知らずの頭上に落ちかかれ！」（第二幕第四場）と叫ぶ。『トロイラスとクレシダ』第三幕第三場で、ユリシーズ将軍は「忘却とは、巨大な忘恩の怪物」と語り、『コリオレイナス』でも頻繁に忘恩が口にされる。

『お気に召すまま』のような喜劇でも、アーデンの森でエイミアンズが歌うのはこんな歌だ――「吹けよ、吹け、木枯らし。つらくはない冬の暮らし、冬は優しいだけ。おまえの牙は痛くはない。刺さるのは、心ない恩知らずだけ……友情は嘘っぱち、愛にも揺らぎ……凍《こお》れよ、冬の空、凍れ。友に忘られ、心は折れ、胸《ここ》が、凍える。冬の棘《いばら》は痛くはない。それよりも心ない裏切りがこたえる……」

これほどあちこちで友に裏切られた思いを語るとは、シェイクスピアはよほどつらい経験をしたのだろうか。

13

高潔の士は、高潔の士とのみ交わるのがよい。
誘惑されないほど意思の堅固な者は
いないのだから。

――『ジュリアス・シーザー』第一幕第二場

It is meet
That noble minds keep ever with their likes;
For who so firm that cannot be seduc'd?

Julius Caesar, Act 1 Scene 2

ジュリアス・シーザーを暗殺しようとブルータスに持ちかけたキャシアスは、ブルータスと別れて独りになると、こう語る。キャシアスは、「ブルータスは高潔の士だが、自分は高潔の士ではない」と考えており、高潔でない自分が高潔なブルータスを口説き落とすことに快感を覚えている。つまり、高潔な士であるブルータスは本来なら暗殺に手を貸したりしないはずだが、キャシアスが誘惑して、その罪を犯させようというのである。

誘惑に負けないほど心の強い人はいない。どんな立派な人でも、まわりにいる人の影響を受けるものだ。「朱に交われば赤くなる」や「水は方円の器にしたがい、人は善悪の友による」という表現にもあるように、人は友だちから大きな影響を受ける。『ハムレット』に登場することとわざ好きなポローニアスも、真の友を得たら「鋼《はがね》の箍《たが》で心に縛れ」と言う。

友だちは重要だ。まわりに優秀だったり勤勉だったりする人がたくさんいれば、自分も見習おうという気になるし、「え、何、まじで勉強なんかしてんの？　ウザ」という連中にかこまれれば自分の質も落ちる。

友だちは選ぼう。

14

己の姿は何かに映って初めて
己の目に見えるもの。

――『ジュリアス・シーザー』第一幕第二場

The eye sees not itself
But by reflection.

Julius Caesar, Act 1 Scene 2

キャシアスはシーザー暗殺の企みにブルータスを巻き込もうとしてこう語る。「君は自分の力を自分で認識していないから、僕が鏡となって君の気づいていない君自身を教えてやろう」というのだ。

自分で自分を見ようとするとき、人は鏡や映像に映して自分を見るか、他人の目を通して己を見るか、しかできない。鏡や映像は外見しか映し出さないとすれば、他人の目に自分がどう映っているのかが重要になる。

人の社会的な意味は、世評が下す判断によって決まる。『オセロー』で、キャシオーが「評判」あるいは「名声」(reputation)を失ったと嘆くのも、世間の目に映った自分の姿が重要だからだ(→202ページ)。

自分のことは自分が一番よく知っていると思いがちだが、自分が知っている〝自分〟などというものはかなり自分勝手な手前味噌の主観的イメージでしかない。そのイメージはごく親しい友だちとシェアできるかもしれないが、そこまでだ。

それゆえ、シェイクスピアは世間の目に映る己の姿が重要だと考える。それが評判(名声)だ。『リチャード二世』第一幕第一場で、モーブレーはこう語る――「人生が与えうる最も純粋な宝は穢れない名声 reputation です……わが名誉はわが命です」と。

15

万人を愛し、あまり人を信頼せず、
誰の迷惑にもならぬように。

――『終わりよければすべてよし』第一幕第一場

Love all, trust a few,
Do wrong to none.

All's Well That Ends Well, Act 1 Scene 1

『終わりよければすべてよし』の冒頭、母ロシリオン伯爵夫人は息子の若き伯爵バートラムに祝福を与えて、こう語る。

とてもシンプルだが、なかなか実行できない教えだ。「万人を愛せ」とは、敵をつくるな、人を恨むなという意味だが、人間関係において誰かにいやな思いをさせられたことのない人はいないだろう。そういう場合でも、あまりいつまでも根に持たずに、「すべてを赦《ゆる》そう」（98ページ）と言えるように努力するしかない。しかし、この世で万人を愛せるのは神様かローマ教皇ぐらいしかいないのではないだろうか。

「あまり人を信頼するな（僅かの人間を信頼せよ）」と言うのは、信頼すると裏切られるからだ。シェイクスピアは友人関係では苦労したらしく、友情は裏切られると何度も繰り返している（↓103ページ）。

最後の「誰の迷惑にもならぬように（誰にも悪いことをしない）」というのは、とりわけ難しいかもしれない。よかれと思って、あるいは、何気なくした行動が気づかぬうちに誰かの心を傷つけたりしているということがありえるからだ。

名言は、時として実行困難なことを実にさらりと言ってのける。

自分がまったく悪いことをしていないと信じられたら、どんなに幸せか。

Shakespeare quotes

IV

転機を迎えたら

1

何より肝心なのは、
己に嘘をつくなということだ。

――『ハムレット』第一幕第三場

This above all: to thine own self be true.

Hamlet, Act 1 Scene 3

己に嘘をつかないとは、第一義的には「ズルをしない」まちがったことをしていると自分でわかっているのに知らん顔をしない。という意味だ。少しでもうしろめたい気持ちがあると、人はうまく行動できない。

「己に嘘をつく」のもう一つの意味は、「これでいいと自分に言い聞かせるが、心のどこかでこれではいけないとわかっている」というものだ。

たとえば、あなたは本当に自分の生きたい人生を生きているだろうか？　本当はやりたいことがあったのに、いつの間にか現実に妥協したりしていないだろうか。目の前のどうでもいい仕事をチマチマとこなして、それで「やるべきことをやった」と自分に言い聞かせていないだろうか。

今あなたがやっていることが、本当にあなたがやりたいことなのか。あなたがやるべきことなのか。

「己に嘘をつくな」――この言葉の意味は非常に深い。

若いときは、「己」がそもそも何なのかを見つけなければならないから、がむしゃらに生きるしかないところもあるが、一人前の大人になったら、己に嘘をついていないかじっくりと考えよう。

2

しくじるですって？
勇気の弓を引き絞れば、しくじるものですか。

――『マクベス』第一幕第七場

Screw your courage to the sticking place,
And we'll not fail.

Macbeth, **Act 1 Scene 7**

ダンカン王暗殺に躊躇《ちゅうちょ》するマクベスが「しくじったらどうしよう」と弱気になると、マクベス夫人からこう叱咤《しった》される。

Sticking place とは、矢を弓につがえて強く引き絞り、それ以上動かない点を指す。勇気を弓の弦に譬《たと》えて、ぎりぎり限界まで弓を引き絞るイメージで、精いっぱい頑張るという意味。

マクベスは、夫人のこの強烈な「決意」に促されて、決行する。

何かに挑戦しようとする人を励ますときに使える表現だ。

類似の表現として、「精神一到何事か成らざらん」「思う念力岩をも通す」「為せば成る」「断じて行えば鬼神もこれを避く」などがあるが、「勇気の弓を引き絞れ」と言う方が、イメージがはっきりするかもしれない。

「うまくいくだろうか」ではなく、「成功させるのだ」という強い気持ちをもって事に当たろう。そのためには、シェイクスピアの言う想像力をフルに稼働させよう。

「うまくいくかな」と不安になるのは、どうすれば成功するかというイメージがはっきりつかめていないからだ。しっかりと自分のやることをイメージして、そのとおりに実行できれば、必ず成功する（29ページの「行動の三段階」参照のこと）。

3

神は、我々を人間にするために、
何らかの欠点を与える。

――『アントニーとクレオパトラ』第五幕第一場

You gods will give us
Some faults to make us men.

Antony and Cleopatra, Act 5 Scene 1

アントニーの訃報を耳にし、シーザーの部下アグリッパはこう言う。アントニーは敵ながらあっぱれの偉大な人物だったが、クレオパトラへの愛に溺れるという欠点があった。人は人間である以上、誰でも欠点があるものだ。

「過《あやま》つは人の常、赦《ゆる》すは神の業《わざ》」というアレクザンダー・ポープの言葉もあるが、人間が人間らしいのは、完璧にはなりえないからだ。

完璧な人がいたら尊敬されるかもしれないが、愛されることはない。愛されるのは、その人が未熟だったり、欠点があったりするからだ。

人には必ず欠点があるとは、シェイクスピアの時代に広まっていた人文主義思想の根本的な考え方である（↓89、95ページ）。

もちろん、だからといって自分の欠点を直さなくてもいいということにはならないし、仕事上やってはならないミスは許されないだろうが、人間的な弱さや配慮の足りなさ、至らなさといった点については謝って赦してもらうよりほかない。

人を責める前に、自分にも至らぬ点があることを認めたいものだ。

自分の欠点や未熟さを魅力的な愛嬌に変える人もいる。それが不器用な人は、ついついまじめな生き方をしてしまうが、肩肘を張って生きるのは窮屈だ。

4

逆境に打たれ強ければ福となる。

――『お気に召すまま』第二幕第一場

Sweet are the uses of adversity.

As You Like It, Act 2 Scene 1

弟に公爵の座から追放された前公爵は、アーデンの森に貴族たちとともに暮らす。そして、自然の厳しさは宮廷の追従《ついしょう》とちがって自分のためになると考え、逆境こそ自分を鍛錬するのにふさわしいと言う。

要するに、ポジティブ・シンキングだ。

世の中には「打たれ強い」人と、「心が弱い」人の二つのタイプがいる（↓65ページ）。シェイクスピアは前者を応援するが、その根底にはストア哲学がある。

ストア哲学（ストイズム）とは、「ストイックに生きる」という表現に見られるように「平静な心で、目的に向かって（余計なことを考えずに）まっすぐに生きる」ことを推奨する。「ストイック」は「禁欲的」と訳されることがあるが、むしろ「目的を明確にして集中し、ほかのことに惑わされない」という意味だ。

ストア哲学では、アパテイア（心の平安）を大事にし、心を掻き乱されたりしないようにアタラクシア（不動心）を働かせるように説く。これができると、ストレス・フリーな生き方ができるようになる。

さらに詳しい説明は次ページを参照のこと。逆境は自分では如何ともしがたいが、それをどう捉えるかは、自分の心次第なのだ。

5

おまえを抱きしめよう、つらい逆境よ。
賢者は、そうするのが最も賢明だと
教えているからな。

――『ヘンリー六世』第三部第三幕第一場

Let me embrace thee, sour adversities,
For wise men say it is the wisest course.

Henry VI, Part 3, Act 3 Scene 1

IV

転機を迎えたら

ヘンリー六世は、名君の誉れ高いヘンリー五世の息子だが、リチャード・プランタジネットに王位を主張され、王位を奪われたり奪い返したりという混乱の薔薇戦争を生きることになる。ここでは、逃走中の王が、変装して独り猟場に隠れてこの台詞を言う。『コリオレイナス』第四幕第一場にも、「逆境こそは、精神の試練」(Extremity was the trier of spirits) という台詞がある。「艱難《かんなん》汝を玉にす」という意味だ。

ここで言う「賢者」とは、ストア哲学者のこと。ストア派の学者エピクテトスは、人を不安にするのは事柄(プラグマ)ではなく、事柄についての思惑(ドグマ)だと説く。起こってしまった事柄は心の外にあるもの(アディアフォラ)であり、どうすることもできないが、それについての思惑は自分の心でコントロールできる。

たとえば、いよいよ本命の大切な受験中に試験会場で激しい騒音が起きたらどうする? 普通の人なら、こんな状況でとても集中などできないとパニックになってしまうだろう。ところが、ストア哲学者なら、騒音はアディアフォラにすぎないとして、騒音に気をとられないように集中を深め、普段以上に集中して試験を終了する。

いやなことは心の内に入れないようにする。考えないようにする。逆に、楽しいことや、やるべきことに心を集中する。それがストレス・フリーの生き方だ。

6

風が嫌いな人だって、
ひどい天気に我慢はできる。

――『恋の骨折り損』第四幕第二場

Many can brook the weather that love not the wind.

Love's Labour's Lost, Act 4 Scene 2

牧師サー・ナサニエルは、学校教師ホロファニーズとラテン語を交えて話し、学問がない人のことを情けないと思いながら、こんな台詞を言ってあきらめる。

人がひどい天気に我慢ができるのは、天に文句を言ってもしかたがないとわかっているからだ。いつも快晴というわけにはいかないのだから、雨や嵐になっても、しかたがない。イライラしたところで雨や嵐がやむわけではないとわかっているから、少しいやな気分になっても、雨だからと、いつまでもイライラし続ける人はいないだろう。

これに対して、我慢ができないとイラつくのは、やめてほしいと思い、やむことを期待するときだ。たとえば、誰かの行為が許せないとき。何でそんなことをするのかとか、何を考えているんだなどと、心をかき乱されてイライラしてしまう。

シェイクスピアの時代のストア哲学は、こんなときは自分の精神をコントロールしろと教える。いやだなと思うことを心の外へシャットアウトして、できるだけ考えないようにするのだ。気持ちを切り替えてほかのことに集中しよう。心の外にあるもの（アディアフォラ）に惑わされなければ、ストレス・フリーの生き方ができる。巻末の索引で「ストレス・フリー」を参照のこと。

「どうなろうとも、時は過ぎる、どんなひどい日でも」（54ページ）も類似の表現だ。

7

カケスの方がヒバリよりいいっていうのか、
羽がきれいだというだけで？

――『じゃじゃ馬馴らし』第四幕第三場

What, is the jay more precious than the lark,
Because his feathers are more beautiful?

The Taming of the Shrew, Act 4 Scene 3

Ⅳ

転機を迎えたら

ペトルーキオはじゃじゃ馬のケイト（キャサリン）を妻にして、なんとかして言うことを聞かせようと考え、最新流行の服を作らせておきながら、いちゃもんをつけて仕立屋をどやしつけて追い出し、普段着のままでいいと語り、「体を豊かにするのは（外見ではなく）心だ。真黒い雲から日の光が差すように、最も卑しい服を着ていても名誉は顔を覗《のぞ》かせる」と言ってからこの台詞を語る。

カケスは羽根のきれいな鳥だが、「ゲェ、ゲェ」と地味な声で鳴き、美しい声で鳴くヒバリの方が鳥としてはランクが上だ。だから、何も外見を飾り立てる必要はない。「襤褸《ぼろ》は着てても心は錦《にしき》」というわけだ。それは、妻の求めるようなファッショナブルな服を買い与えない口実だが、それだけにとどまらず、もう少し深い意味がある。

ケイトは自分よりも美人である妹に嫉妬し、自分は父親にも愛されていないとひがみ、劣等感に苦しみながら、そんな自分を認めまいとして、まわりをにらみつけるような態度を繰り返してきた。それはある種の自意識過剰であり、自分がどう見られているかを気にしすぎているのだと、ペトルーキオはここで教えているのだろう。

自分がどう見られているかではなく、自分が何をしたいのか、何をすべきかを考え、自分の心に向きあおう。

8

橋は河の幅だけあれば間に合うだろう。
目的にかなうのが肝要だ。

——『から騒ぎ』第一幕第一場

What need the bridge much broader than the flood?
The fairest grant is the necessity.

Much Ado about Nothing, **Act 1 Scene 1**

Ⅳ

転機を迎えたら

アラゴン領主ドン・ペドロは、部下の若き武人クローディオがメッシーナ知事の娘ヒアローに恋をしたことを打ち明けられて、こう応える。話はわかったから、余計なことを長々と付け加えなくてよいという意味。

仕事を一つ仕上げるにも、念入りにやろうとしたらいくらでも時間がかかる。何も豪華な橋をかけなくても、とにかく向こう側へ渡るという目的を果たせばよいなら、あまり余計な時間をかける必要はない。大げさなことをしたり、要らぬ気を遣《つか》ったりする前に、明確に目的を達することが大切だ。

小さなことを処理するのに大げさなことをするものではないという表現に、「牛刀割《ぎゅうとうかつ》鶏《けい》（割鶏焉用牛刀＝にわとりを割くにいずくんぞ牛刀を用いん）」という言い方もある。とは言いながら、渡れさえすればいいなら丸太橋でもいいのかという問題もあり、安全性や強固さをどの程度確保すべきなのかなど、準備する側はいろいろ気を遣わざるを得ない。

余計なことはしなくていいと言われても、何が余計なのか、何が必要なのか判断するのは難しい。『リア王』でリアが「必要を論ずるな」（２１６ページ）と言うが、必要とはそもそも何なのか。

9

私をかつての私だと思ってはいけない。

――『ヘンリー四世』第二部第五幕第五場

Presume not that I am the thing I was.

Henry IV, Part 2, Act 5 Scene 5

即位してヘンリー五世となったハル王子は、かつての友であった騎士サー・ジョン・フォールスタッフに対して「おまえなど知らぬ、老人よ」と言い放ち、フォールスタッフを追放する。かつては一緒に居酒屋ではめを外し、悪事に耽《ふけ》った遊び仲間だったのに、王となった今は、この台詞を言って、昔の自分を否定するのだ。

『ヘンリー四世』には喜劇的な側面があり、道化的人物であるフォールスタッフが観客の笑いを大いに惹《ひ》き起こすため、終盤になってフォールスタッフが突然追放されると、観客は愕然《がくぜん》としてしまう。とは言え、国王の座についたヘンリー五世が相変わらず昔の自堕落な仲間と関係を続けては、国家の尊厳にかかわる。ヘンリー五世としては、毅然として無法者のフォールスタッフを切り捨て、かつての敵であった高等法院長を味方にするより道はないのだ。

人は誰でも変化する。今の自分が十年前の自分とはちがうように、十年後の自分は今の自分とちがうはずだ。その理屈をつきつめれば、明日の自分は今日の自分とはちがうとさえ言えるだろう。「私」という主体は変化するものであり、これまでの私とはちがう新しい私が常にいる。

過去を引きずるな。未来に生きろ。

10

いえ、いえ、私は私自身の影にすぎません。
勘違いをなさっている。私の実体はここにはない。

――『ヘンリー六世』第一部第二幕第三場

No, no, I am but shadow of myself:
You are deceiv'd, my substance is not here.

Henry VI, Part 1, Act 2 Scene 3

イングランドが誇る百戦錬磨の武将トールボットは、彼を騙《だま》して捕らえようとしたフランスの伯爵夫人に対して、「今ここにいる自分を捕まえてもトールボットを捕まえたことにはならない。なぜなら、トールボットの実体は外に控えている軍隊なのだから」と語る。

人は組織として動くとき、単なる一個人以上の機能を持つ。トールボットの場合は、彼が指揮する軍隊がトールボット軍として認識されるというほかに、彼がこれまで築き上げてきた名声が彼個人を超えた実体を持って機能しているとも言えるだろう。

別の譬《たと》えで言えば、夏目漱石の実体は、帝国大学で英文学を講じて朝日新聞社に就職した夏目金之助ではなく、『草枕』『明暗』といった夏目漱石の作品群のなかにある、という具合。

人の実体とは何だろう？　社会的な意味で考えるなら、それは社会の目がその人をどう捉えているかということなのかもしれない。「己の姿は何かに映って初めて己の目に見える」（106ページ）参照。

リア王も王としての自分のアイデンティティを失ったとき、「リアの影法師」となってしまう（第一幕第四場）。

11

私がこうしているのも神のおかげだ。
我々が畏《おそ》れ多くも運命と呼んだりするものは、
天の力の賜物なのだ。

――『サー・トマス・モア』第三幕第一場

It is in heaven that I am thus and thus,
And that which we profanely term our fortunes
Is the provision of the power above.

Sir Thomas More, Act 3 Scene 1

政治家として最高位とも言うべき大法官に任じられたトマス・モアが自戒を籠《こ》めて言う言葉。この台詞は、共同執筆された『サー・トマス・モア』のなかの、シェイクスピアの筆であろうと推測される筆跡Dによって書かれたものだ。

驚くことに、『オセロー』のイアーゴーは、この台詞とよく似た構文で、逆の意味のことを言う。イアーゴーは、自分たちが今の境遇にあるのは、星回りなどのせいではなく、自分たちのせいであるとして、「自分がどういう人間か決めるのは、自分次第だ」（'tis in ourselves, that we are thus, or thus.）と言うのだ。この台詞は、ルネサンスの「自由意志」の考えに基づき、自分は自分で変えることができ、己の運命は己で切り拓《ひら》いていけるとするものだ。

これに対して、モアの台詞は、カトリック教徒としての信仰心の篤《あつ》さを示す。すべては神の御心のままにということだ。シェイクスピアの時代、自分の力を頼る自力本願を選ぶか、すべては神が定めたものとして他力本願を選ぶか、二つの考え方があった。そして、シェイクスピアはそのどちらも大切だとしている。自力本願で頑張っていたハムレットも、最終幕に至って「俺たちがどう下手をしたところで、うまく収めてくれる神がいる」という悟りに達している。

12

救いの道は、たいてい自分のなかにあるもの。
それなのに人は神頼みしたりする。

――『終わりよければすべてよし』第一幕第一場

Our remedies oft in ourselves do lie,
Which we ascribe to heaven.

All's Well That Ends Well, Act 1 Scene 1

孤児ヘレナは、自分の夫となった愛しいロシリオン伯爵バートラムに嫌われてしまう。そして、夫とともに出兵するパローレスに別れを告げたのち、夫への愛をあきらめきれず、自分で運を切り拓こうと決心してこう語る。

前の項目の説明の続きで行くと、他力本願ばかりでもダメで、自力でできることをしなければならないということ。「苦しいときの神頼み」「困ったときの神頼み」と言うが、困ったときこそ、自分で何とかしなければならない。

人は何かを求めるとき、自分の外に求めがちだが、実は答えは自分のなかにあることが多い。メーテルリンク作の童話『青い鳥』では、チルチルとミチルが幸せの青い鳥を探しに出かけるが、青い鳥は結局自分たちの家にいた（幸せは自分たちのなかにあった）という発見をする。

幸せはどこからかやってくるものではない。

自分のなかに幸せを求めるしかない。

最終的には、なるようにしかならないが、ベストを尽くしてやれるだけのことをやって「人事を尽くして天命を待つ」べきだろう（→51ページ）。

あなたが当たり前と思っているもののなかに、答えはある。

13

何事にも潮時というものがある。
満潮のときならうまくいくものも、
機を逸すれば、人生という船旅は
浅瀬に乗り上げ、座礁してしまう。

――『ジュリアス・シーザー』第四幕第三場

There is a tide in the affairs of men.
Which, taken at the flood, leads on to fortune,
Omitted, all the voyage of their life
Is bound in shallows and miseries.

Julius Caesar, Act 4 Scene 3

Ⅳ

転機を迎えたら

フィリパイ出撃を決意したブルータスがキャシアスに語る言葉だ。

「ものには時節」「鉄は熱いうちに打て」「好機逸すべからず」「奇貨居くべし」「千載一遇」「好機到来」「天の与うるを取らざればかえってその咎《とが》を受く」など、この種の表現は多数ある。

「運がいい」という言い方をすることがあるが、より正確に言えば、それは「いい運がめぐってきたときにそれをつかむ」ということであり、せっかくいい運がきているのに気づかずにやりすごしてしまっては、何にもならない。

「潮時」というのは、じわりじわりとやってくる。潮が満ちて船が通るようになったときに船を通すのは楽だが、機を逸して潮が引いてしまうと、さっきまで容易にできたことができなくなる。

人生という船をじょうずに操る人は、そうしたチャンスを逃さない。逆に面倒がって、今やらなくても、あとでもいいやという発想をしていると、思ったよりも大変な苦労をするはめになったりする。

潮時にやれば楽なのだ。そのためにはすぐに行動する瞬発力が要る。

積極的に前へ出よう。

14

やるなら今だ、ヨーク、気弱な心を鍛《きた》え上げ
鋼《はがね》と化し、迷いを決意に変えろ。
なりたいものになれ、なれないならこのまま
死んでしまえ。

――『ヘンリー六世』第二部第三幕第一場

Now, York, or never, steel thy fearful thoughts,
And change misdoubt to resolution;
Be that thou hop'st to be, or what thou art
Resign to death.

Henry VI, Part 2, Act 3 Scene 1

Ⅳ

転機を迎えたら

自分こそ王位に就くべき男だと考えるヨーク公の台詞。人間は自らの自由意志で望むものになれるというルネサンス的発想だ。

自由意志（→23ページ）の思想を推し進めたのは、イタリア・ルネサンスの哲学者ピコ・デラ・ミランドラだ。彼は人間の運命が定められているとする占星術を否定し、占星術のなかに人間と神の合一を見ようとした自らの師マルシリオ＝フィチーノの新プラトン主義的考えを否定した。

「なりたいものになれ」と、いくら自分にハッパをかけても、そうそう簡単に夢は実現しないもの。この台詞のポイントは、「やるなら今だ」というところ。チャンス到来というそのときに、迷っていないで、なりたい自分になってみろということ。チャンスはそうそうやってこない。今がそのときと思ったら、強気に出ることだ。

もう一つのポイントは「気弱な心」だ。自分にはできないんじゃないかとか、うまくいかないかもしれないといった不安は誰にでもある。不安を抱くのは当たり前だ。

だが、不安だろうが、心配だろうが、とにかくやるしかないのだ。やってみてうまくいけば次の道が開けるし、うまくいかなければ次のチャンスを待つまでだ。

重要なのは、強い欲望を持つこと。

15

やろうとしたことを、ただ一度の失敗で
あきらめてはいけない。

――『テンペスト』第三幕第三場

Do not, for one repulse, forego the purpose
That you resolved to effect.

The Tempest, Act 3 Scene 3

兄プロスペローを追放して公爵領を簒奪《さんだつ》した弟アントーニオは、ナポリ王の弟セバスチャンにナポリ王殺害をけしかける。二人の計画は、妖精エアリエルによって一度失敗するが、アントーニオはセバスチャンに、あきらめてはいけないと語る。

「あきらめるな、頑張れ」という台詞はシェイクスピアに多い。

「求めておきながら、いざとなると手を出さない者に二度とチャンスはやってこない」（30ページ）

「もう一度あの突破口へ、諸君、もう一度だ」（66ページ）など。

「失敗は成功のもと」とも言うし、少々失敗したくらいで気落ちすることはない。発明王エジソンも何度も失敗を重ねたが、「私は失敗したことはない。うまくいかなかった一万とおりのやり方を見出しただけだ」と言ったことは有名だ。そのやり方ではだめだと知ることは、一歩前進なのだ。うまくいかなくても前に進む気持ちを失わないこと。

悲観的な気持ちになって前進をあきらめたときに、人は落伍者となる。だめかもしれないと思う疑念を抱いたら、その疑念はこれまで頑張ってきたあなたを裏切るものだという台詞もあった（↓42ページ）。

弱気は損気だ。

Shakespeare quotes

V

成長したいときに

1

簡潔さこそは知恵の要《かなめ》。

――『ハムレット』第二幕第二場

Brevity is the soul of wit.

Hamlet, Act 2 Scene 2

格言好きで饒舌なポローニアスは、「ハムレット殿下の狂気の原因がわかりました」と王と王妃に告げ、「簡潔さこそは知恵の要《かなめ》ですから、簡潔に申し上げましょう」と言いながら、長々と余計なことばかり言ってなかなか本題に入らない。

あげくのはてに王妃に「言葉の綾より、本題を」と言われてしまう。

シンプル・イズ・ザ・ベスト。

会議なども長々と行わずに簡潔にすませたいもの。誰かに何かを伝えるときは、要点を明確にしておくのがコツだ。

サクサクと簡潔に仕事を片付ける人は有能に思える。その意味で簡潔さは大切だ。

ただし、あまりシンプルにやりすぎると、おもしろ味に欠けるかもしれない。

楽しいのが好きな人はゆっくり楽しみながらやり、まじめな人は急いでしまうという側面もある。とは言え、「ゆっくり」「急いで」というのは、感覚的な問題であって、実際の時間経過とはあまり関係がない。

シンプルに、かつ楽しみながらというのが、ベストだろう。

急いでいるときこそ心は落ち着いていた方がいいし――「賢くゆっくりと」（↓20ページ）――楽しければ時間はあっという間に過ぎる（↓34ページ）。

2

外国を知らぬ若者の知恵は狭いものだ。

――『ヴェローナの二紳士』第一幕第一場

Home-keeping youth have ever homely wits.
The Two Gentlemen of Verona, Act 1 Scene 1

ヴェローナの紳士ヴァレンタインはミラノへ遊学する際、親友プローテュースにこう語る。「井のなかの蛙《かわず》、大海を知らず」と同じ。「かわいい子には旅をさせよ」とも言うが、若いときの留学は一生の宝となるものだ。

シェイクスピアの時代、富裕階級の子弟は異国へ遊学して見聞を広めた。『じゃじゃ馬馴らし』のピサの若いルーセンシオは、召使いトラーニオを連れてパデュアに遊学する。当時の高貴な文学者は、みな海外経験が豊かだった。たとえば、サー・フィリップ・シドニー（一五五四～八六）は、初代ノーサンバランド公ジョン・ダドリーの孫で、エリザベス一世女王の寵臣初代レスター伯ロバート・ダドリーを叔父に持つ家柄だが、オックスフォード大学卒業後、数年にわたってドイツ、イタリア、ポーランド、オーストリアに滞在している。

だが、シェイクスピア自身は（富裕ではないので）どうやら海外へ出た経験はなく、もっぱら本や伝聞で海外の事情を知ったようだ。

年々、海外へ留学する日本人学生は増えているという。世界を知ることで、広い視野でものを見ることができるようになる。

「若者」の定義も広く考えて、どんどん海外に出てみるといいだろう。

3

慣れれば何でも習慣になるものだ！

――『ヴェローナの二紳士』第五幕第四場

How use doth breed a habit in a man!

The Two Gentlemen of Verona, Act 5 Scene 4

森での暮らしに慣れ親しんだヴァレンタインは、都会での暮らしよりずっとよいと思うようになった自分に驚いて、こう語る。

学生時代などの昔の習慣を思い出してみれば、習慣がすっかり変わるものだということは実感できるだろう。人は、長年かけて身につけてしまった習慣はなかなか変えられないと思いがちだが、それは変えようと意識的な努力をしないためだ。悪い習慣を頑張ってやめて、新たなよい習慣が身につけば、今度はそれが当たり前になる。

クォート版の『ハムレット』第三幕第四場（居室の場）では、ハムレットが母親にこう語る——「美徳がないなら、あるつもりにおなりなさい。習慣という怪物は、悪癖はいけないという感覚を食い尽くしますが、天使にもなるものです。清い善行を重ねれば、制服やお仕着せのように、それを着るのが当たり前になります。今晩は控えるのです。そうすれば、次の晩は、もっと楽に我慢できます。そして次はさらに楽になる。習慣は、持って生まれた性格をも変えられる」。

とは言え、「言うは易く行うは難し」であり、実際に行動することが重要だ。

こんな習慣がつくとよいと思う行動を始め、それを続けてみよう。

あなたは、ハムレットの忠告に従えますか。

4

避けることができないものは、
抱擁してしまわなければならない。

――『ウィンザーの陽気な女房たち』第五幕第五場

What cannot be eschew'd must be embraced.
The Merry wives of Windsor, Act 5 Scene 5

両親の思惑に反して、娘アン・ペイジは自分の好きな人と結婚してしまった。もはや式は挙げられてしまったので取り消すことはできない。そこで父親はこの台詞を言う。「避けることができないもの」とは、ストア哲学の用語で言えば、心の外にあるもの（アディアフォラのうち、それに働きかけて自分の思うように変えられないもの）を指す。

たとえば、天候などはその一例だ（→122ページ）。人生には、自分の思うようにならないものが多々あり、場合によっては、いやでもそれを受け入れなければならないこともある。そんなときに、いやだという不満を募らせ、文句を言ったところで意味はない。潔く受け入れるしかないのだ。

文句を言ってもしかたがないことに対しては文句を言わない——それがストア哲学の教えだ。心を冷静にし、ハードボイルドに行動する。

文句を言い続ければ、自分の心のなかでいやだという不快な感情を何度も繰り返すことになるので、ストレスになる。文句を言わないのみならず、「いやだ」とか「面倒だ」という感情さえ心のなかから消してしまえば、負担にならない。

面倒だと思ったときに、面倒になる。

いやだと思うからいやなのだ。

5

阿呆は己を賢いと思うが、
賢者は己が阿呆と知っている。

――『お気に召すまま』第五幕第一場

The fool doth think he is wise, but the wise man knows himself to be a fool.

As You Like It, Act 5 Scene 1

道化タッチストーンの台詞だが、『十二夜』の道化フェステも「アホな知恵者たるより、知恵ある阿呆たれ」と述べており、どちらもソクラテスの「無知の知」に基づいている。ソクラテスはあるときアテネの神託で「アテネ一の賢者はソクラテスなり」と告げられて驚き、アテネには自分より賢い人がいるはずだと思って、賢者とされる人たちに会いに行った。すると、賢者と言われる連中は自分が賢いと威張っていたので、自分が愚かであることを知っているソクラテスは、「自分の愚かさを自覚している分だけ、自分の方が賢いのかもしれない」と思ったという次第。自分が知らないということを知っているというのが「無知の知」だ。己の愚を知ることが、知への一歩となる。

自分の愚かしさや欠点が認識できない人は成長できない。

現代社会では、まちがいをしてはいけないことになっており、生きづらくなっているが、人は人間である以上まちがえるものだという発想が必要だ。

まちがってはいけないという強い禁止のなかで生きていると、「自分はまちがった」「失敗した」という意識を持ったとたん、生きるのがつらくなる。「まちがう」のは人間である以上自然なことなのだ。重要なのは「まちがえたときに、どう正すか」だ。

賢く阿呆になるのが、人間らしく生きるコツ。「大巧は拙なるがごとし」とも言う。

6

人の真価が決まるのは人生を終えたときだ。

――『ヘンリー四世』第二部第二幕第二場

Let the end try the man.

Henry IV, Part 2, Act 2 Scene 2

ポインズに対して、ハル王子は、父上が重体のときにフォールスタッフたちとつきあっている自分を極悪人のように思っているのだろうが、自分はそんな人間ではないという意味でこの台詞を言う。

今はまだ本来の自分の姿を見せていない。本当の自分はこんなものじゃない、ということだ。「今に見ていろ」「最後には結果を出す」といった意味合いでも使える台詞だ。『オセロー』で、イアーゴーが「今の俺は俺じゃない」と言うのと似ている。ちなみに『十二夜』では、ヒロインのヴァイオラが男装して「今の私は私ではない」という同じ台詞を言う。社会が捉えた自分の姿と本当の自分はちがっているという認識がここにはあるが、それでは「本当の自分」とは何なのか？

ある意味で、人は誰でも、今の自分は、本当に自分がこうありたいと思っている自分ではないと考えているものなのではないだろうか。自分はまだまだ変われるし、変わっていくのだと。

まだ十分な結果が出せていない自分がいても、落ち込むことはないのだ。試合だって、前半で失点が続いても、ゲームオーバーまでに得点すればよいのだ。

最後まであきらめてはいけない。

7

もし一年中毎日が遊んで暮らす休日ならば、
遊ぶことは働くことと
同じようにつまらなくなる。
しかし、滅多に来なければ、
望まれて来ることになる。

――『ヘンリー四世』第一部第一幕第二場

If all the year were playing holidays,
To sport would be as tedious as to work;
But when they seldom come, they wish'd-for come.

Henry IV, Part 1, Act 1 Scene 2

ハル王子は、騎士フォールスタッフらと自堕落な生活を送りながらも、やがて敵ホットスパーを倒すことで自らの真価を示し、突然世間にその雄姿を見せることで喝采を浴びてやろうと考えて、こう語る。

あるとき、連休がかなり続いて話題になったことがあるが、「休みが長いと、かえって疲れてしまう」と感想を漏らす人が多かった。

どんなにいいことも、すぎればつまらなくなる。

「甘すぎる蜂蜜はその甘さゆえにいとわしく」（210ページ）というように、「すぎたるは及ばざるがごとし」だ。

遊んで暮らせる身分になりたいと思わない人はいないだろうが、実際に毎日を遊んで暮らすことになったらどうだろう？　「やるべきこと」が何もなくなったら、きっと空しい人生になるだろう。

遊びを求めるのは、労働からの解放を求めるからだ。温泉にでもつかりたいと思うのは、緊張のなかで弛緩を求めるからだ。ずっと温泉につかりっぱなしではのぼせてしまう。

光があるから影がある。苦あれば楽あり。この二元性は、シェイクスピア作品の通奏低音となっている。

8

無学は神の呪いであり、知識は天にいたる翼である。

――『ヘンリー六世』第二部第四幕第七場

And seeing ignorance is the curse of God,
Knowledge the wing wherewith we fly to heaven.

Henry VI, Part 2, Act 4 Scene 7

「法律家どもを血祭りにあげようぜ」と気炎をあげるケイドが率いる暴徒の前で、セイ卿はこのように懸命に抗弁するが、処刑される。

無学の民に対して知識を誇っても意味はないが、人間を磨くためには知識を身につけるしかないことは事実だ。

教育や教養のある人が増えれば、社会のレベルもアップする。その場合の教育（教養）とは、テストで高得点を取ることではなく、人間らしく生きるためにはどうすればいいかという知識を持つことだ。

無学な（学がない）人は、知識がないにもかかわらず、それを認めず、知識の不足を適当な情報でぞんざいに埋めてごまかそうとする（ネット情報を安易に信じるなど）。教養のある人は、逆に己の無知を自覚する（「無知の知」↓153ページ）ために、正しい知識を求めようとする。本を読んで自らを高めようとする人は後者である。

『十二夜』第四幕第二場でも、「無知ほど真っ暗な闇はないぞ」と道化フェステが暗闇に閉じ込められたマルヴォーリオに語る。「知らない」「わからない」から恐怖や不安が生まれる。

文明人にとって、知識は、まさに飛翔するための翼となるのだ。

9

敵が手強《てごわ》ければ手強いほど、勝利は大きくなる。

――『ヘンリー六世』第三部第五幕第一場

The harder match'd, the greater victory.

Henry VI, Part 3, Act 5 Scene 1

ランカスター王朝に対して叛旗《はんき》を翻し、エドワード四世として王位に就いたリチャード・プランタジネットの長男エドワードは、弟のグロスター公リチャード（のちのリチャード三世）やキング・メーカーの異名をもつウォリック伯とともにコベントリーの町の前で、オックスフォード伯の軍隊やモンタギュー伯の軍隊が敵側の味方として町の城壁内に入っていくのを目にして、こう語る。

『ヘンリー五世』においても、王がクリスピアンの演説で、味方より遥かに大勢の敵を前にして、味方の数が少ない方が栄誉は大きくなると言う。「我ら数少ない仲間、幸運なる僅かの仲間、我ら兄弟」（We few, we happy few, we band of brothers）と呼びかける一行が特に有名だ。もし戦いに負けるなら、犠牲になるのは我々で十分だし、もし勝つなら、数が少ないほど栄誉は大きくなる。今日私とともに血を流すのはみな兄弟であり、我ら数少ない仲間は、この聖クリスピアンの日に戦った勇士として永遠に記憶されるのだと、兵士たちに語るのだ。

困難にぶつかったときに、弱気になる前に「これを突破できたら、ものすごいブレイクスルーになるぞ」と考えよう。

「無理」と思える状況でも、「できたらすごい」とポジティブに考えるのだ。

10

現在のありように感謝しよう。
そしてわれら人間にはかなわぬ問題は
天に任せるのだ。

――『二人の貴公子』第五幕第四場

Let us be thankful
For that which is, and with you leave dispute
That are above our question.

The Two Noble Kinsmen, Act 5 Scene 4

公爵テーセウス（『夏の夜の夢』と同じ人物）が、『二人の貴公子』の締めくくりとして述べる台詞。

原文を直訳すれば、「今あるものに対して、ありがたいと思おう。そして、如何ともしがたいものについては、論じるのをやめよう」となる。これはまさにアディアフォラについて考えてもしかたがないと言っていることにほかならない。

人は、ある程度自分の力で自分の人生を切り拓いていくことができるが、何もかも思いどおりにはならない。それが運命であり、運命は個人の力では変えられない。そして、自分の命は僅かな時間しか続かない——あるいは、自分は五十億年の地球の歴史の一点を占める小さな生命体でしかない——と考えることができれば、その壮大な時間の流れのなかにいる偶然に感謝する気持ちも生まれるだろう。

そうなれば、うまくいかないことを自分でくよくよと思い悩まず、うまくいったことを感謝しながら生きることができるようになる。

「ありがたい」と思いながら生きることは、ポジティブ・シンキングを容易にする。

自分が今の状況にあるのはラッキーなのだと思えば、その状況を最大限に活かすことができる。ネガティブに考えると、能力はフルに発揮されない。

11

楽しみがつらくなることもあるが、
楽しんでやればつらさは忘れられる。

――『テンペスト』第三幕第一場

There be some sports are painful, and their labor
Delight in them sets off.

The Tempest, Act 3 Scene 1

ファーディナンド王子はプロスペローに捕らえられ、丸太運びの労働を強いられるが、美しいミランダが見られると思って働けばつらくないと言う。

何事も楽しくやれば楽になる。映画『メアリ・ポピンズ』の歌「スプーン一杯のお砂糖」（スプーン一杯のお砂糖があれば、お薬も飲みやすくなる）が、面倒な仕事も楽しくやれば遊びになると歌うのと同じことだ。

どんな仕事も勉強も「面倒だ」「やりたくない」という負のスイッチが入ったとたんに、ストレスになる。つい先延ばしにしてしまうと、負のスパイラルに落ち込んでしまう。これを避けるには、いやであっても早めにとりかかることだ。やらなければならないなら、やるしかない（↓１５１ページ）。そして、少しでも時間的余裕があれば、集中しやすくなる。雑念を捨てて没頭できたとき、「楽しめ」と自己暗示をかけるのだ。

仕事は、つらいと思いながらやるとストレスになる。ストレスを抱えても耐えることを「頑張る」と誤解する人もいるが、ストレスを抱え続けることは百害あって一利なしだ。楽しめていない、ストレスだと感じたら、ためらわずにＳＯＳを発しよう。仕事の環境を変えるのが無理なら、できるだけストレスをためないように考え方を変えていこう（↓１１９ページ）。「楽しい骨折りは苦労にはならぬ」（86ページ）も参照のこと。

12

そもそも、それ自体よいとか、
悪いとかいうものはない。考え方一つだ。

――『ハムレット』第二幕第二場

There is nothing either good or bad, but thinking makes it so.

Hamlet, Act 2 Scene 2

ハムレットがローゼンクランツとギルデンスターンに語る認識論。

ハムレットは「デンマークは牢獄だ」と言い、それを否定されると、「君たちにはそうではなくても、俺にとっては牢獄だ」と返して、この台詞を言う。

ヴァーチャル・リアリティが体験できるキットを装着したと仮定しよう。実際に存在しなくても脳が認識しさえすれば、その人にとってそれが認識された世界であり、すべては脳の働き――考え方一つ――なのである。

当時、物事を認識する際、頭のなかに心の像（ファンタズマ）ができると考えられていた。この心の像を吟味して「よい」とか「悪い」とか判断するのだから、物事（現実）それ自体を認識しているわけではないということになる。そもそも「それ自体よいとか、悪いとかいうもの」があって、それを認識するのではなく、脳が認識して初めてその存在が認知されるのであり、脳が「よい」と認識すればそれは「よい」ものなのだ。世界は客観的事実からではなく、主観的真実から成り立っているとも言える。

ストア哲学の「アディアフォラ」は、心が認識する以前の心の外にあるものを指すが、理性による選択・判断がなされないため、「善」でも「悪」でもないのだとストア派は語る。それが心に入って初めて、よしあしの判断が下される。

13

まずは、信じる心を
持っていただかなければなりません。

――『冬物語』第五幕第三場

It is requir'd
You do awake your faith.

The Winter's Tale, Act 5 Scene 3

V

成長したいときに

シチリア王レオンティーズは、自らの罪ゆえに、王子と王妃と王女を失った。長年自分の愚かさを責め続けた王のもとに、失われたはずの王女が戻ってくる。ようやく王の罪は赦《ゆる》されたのだ。

すると、侍女ポーリーナは、王妃ハーマイオニの像を見せる。生前の王妃とそっくりであり、幾分年をとっているかのようにさえ見えた。そして、ポーリーナは、この像を動かしてみせると言い出し、そのためには信じる心を持てと、この台詞を言う。

果たして像は動き、王妃は生き返る。

幸せになるためには、正しく生きようとするだけではだめで、あえて理性的な判断を停止して、何かに身を任せようという「信じる心」がなければならない。自分を賭けてみるという一歩を踏み出さなければ、幸せにはなれない。

しかも、ここでは「ありえないことが起こる」と信じることが求められている。そんなことはありえない、無理だと思ったとたんに、それは無理になる。

あきらめずに夢を持ち続ける。技術革新も、人生もまたしかり。

まずは、信じる心を持つこと。

人々が互いに信じあう心を持てたら、この世の中はどれほど住みやすくなるだろう。

14

人間とは何だ？
ただ食って寝るだけで人生のほとんどを
費やすとしたら？　獣《けだもの》と変わりはない。
神は我らに、前を見通し、うしろを見返す
大きな思考力を授けたもうた。
その能力と神にも劣らぬ理性を
持ち腐れにしてよいはずがない。

――『ハムレット』第四幕第四場

What is a man?
If his chief good and market of his time
Be but to sleep and feed? A beast, no more,
Sure He that made us with such large discourse,
Looking before and after, gave us not
The capacity and god-like reason
To fust in us unused.

Hamlet, Act 4 Scene 4

『ハムレット』という作品は、「人間とは何か」「人として気高く生きるためにはどうすればよいのか」を問う劇だと言ってよい。それゆえ、まさにこのハムレットの台詞こそ、作品の要点を衝《つ》く名台詞だ。

イングランド行きが決まったハムレットは、ローゼンクランツとギルデンスターンとともにデンマークから出立する旅を始める。途中、ノルウェー王子フォーティンブラスの軍隊がポーランドの小さな土地を攻めるべくデンマーク領内を進軍しているのを目にしたハムレットは、大義名分のために命をかけている人たちがいるというのに、自分はやるべきことをやらずに生きていると考え、自責の念に駆られる。具体的には、まだクローディアスの不正を暴いていないということを指すが、一般論として「なすべきことをしていない」という書き方をしているところがシェイクスピアらしい。

「ただ食って寝るだけで人生のほとんどを費やす」という生き方を、人はついつい、しがちだ。いつの間にか十年、二十年が経っていたりする。そんな調子では人生はすぐ終わってしまう。「理性を働かせろ」とシェイクスピアは言う。「前を見通し、うしろを見返す」とは、「これからどうすればよいかを考え、過去を振り返って考える」という意味だ。思考力を働かせて、自分の人生をよく考えた方がいい。

Shakespeare quotes

VI

虚しさに
おそわれたら

1

奪われても、盗られたことに
気づいていない者には教えてやらなければ、
奪われたことにはならんのだ

――『オセロー』第三幕第三場

He that is robbed, not wanting what is stol'n,
Let him not know't, and he's not robbed at all.

Othello, Act 3 Scene 3

Ⅵ

虚しさにおそわれたら

オセローは、イアーゴーから「デズデモーナはキャシオーと浮気をしている」と教えられて苦しみ、この台詞を言う。実際は嘘なので、オセローは何も苦しむ必要はないのだが、「知ってしまった」と思い込んだがゆえに苦しむわけだ。

ここでは、自分が盗難に遭ったことに気づかない人を想定している。その人は気づいていないから、楽しく過ごすことができるが、盗まれましたよと教えてあげた時点でその人にいやな思いをさせることになる。「知らぬが仏」ということわざと同じで、知ってしまうと心乱れることでも、知らないでいれば心穏やかでいられる。この台詞の直前に、オセローは、「すっかり騙《だま》されていた方がましだった、なまじ少しばかり気づくよりも」と言うが、それも同じ意味だ。『冬物語』第二幕第一場で、シチリア王レオンティーズも似たようなことを言う。杯に蜘蛛が入っていることを気づかずに杯を飲み干しても、何も知らないがゆえに何とも思わないが、蜘蛛が入っていることを知りながら飲んだとしたら、そのおぞましさに喉をかきむしるだろうと言うのだ。

逆に、心の平安を得たければ、「知らなかったことにする」という手がある。気にしてもしかたがないことは、自分の心をコントロールして、「知らない」と自分に暗示をかけるのだ。

2

人は熊から逃げるが、
行く手に荒れ狂う海が待ち受けるなら、
翻《ひるがえ》って熊の牙に立ち向かうだろう。

――『リア王』第三幕第四場

Thou'dst shun a bear,
But if thy flight lay toward the raging sea
Thou'dst meet the bear i' th' mouth.

King Lear, Act 3 Scene 4

嵐の場面でリア王を掘立小屋へ案内し、嵐を避けるためになかへお入りくださいと勧めるケント伯爵に対して、リア王が言う台詞。

「前門の虎、後門の狼」「虎口を逃れて竜穴に入る」「一難去ってまた一難」といった、絶体絶命で進退きわまった状況を示す表現と少し似ている。英語では、jump out of the frying pan into the fire（小難を逃れて大難に陥る）という表現もある。

リア王が言っているのは、逃れられない状況にあるなら、逃げないで戦うものだということ。直前に「不治の病に罹《かか》った身には、小さな病は苦にならない」とも言っており、「大事の前の小事」に近い。本当なら熊と戦いたくはないが、逃げられないなら戦うしかないということで言えば、「避けることができないものは、抱擁してしまわなければならない」（150ページ）にも通じる。あるいは、熊から逃げて走っていった先に荒れ狂う海が待っていたということで言えば、「『最悪だ』などと言えるうちは、まだ最悪ではない」（53ページ）とも通じる。

切羽詰まれば、人間は思いもよらぬことをやってのけるものだ。「逃げ道がある」「やらなくてもいいや」と思うから、人は自分を甘やかしてしまう。「逃げない」という態度を自分に課してみよう。

3

人間、生まれるときに泣くのはな、
この大いなる阿呆の舞台に
上がってしまったからなのだ。

――『リア王』第四幕第六場

When we are born, we cry that we are come
To this great stage of fools.

King Lear, Act 4 Scene 6

狂乱のリア王は、荒野で盲目のグロスター伯爵と出会い、こう語る。人が生まれるとオギャアと泣くのは、阿呆の舞台で馬鹿な人生劇場を演じるはめになったのが悲しいからだと言う。

世界を劇場に譬《たと》える「世界劇場」（テアトラム・ムンディ）の概念に基づく台詞だ。類似の表現には、「この世はすべて舞台。男も女もみな役者にすぎぬ」（１９０ページ）、「人生は歩く影法師、哀れな役者だ」（１９６ページ）など多数ある。

生きるということは、この世という舞台で役を演じることなのだ。人生は芝居、人は役者というこの発想は、古代ギリシャからあったもので、新プラトン主義の創始者とされるプロティノスなども唱えていた。

ここでは単に人生を舞台に譬えるのみならず、舞台上にいるのは阿呆だという発想がある。人は愚かなりという考え方は、当時の人文主義に基づくもので、絶対的な正義は神にのみあり、人は必ず過《あやま》つものだと考えられていた（↓89ページ）。まちがえるからこそ、人間らしいのだ。シェイクスピアの舞台に阿呆（愚者）が登場するのも、こうした人文主義の考え方に基づいている。しかし、『リア王』は悲劇なので、喜劇の道化（阿呆）とちがって否定的な言い方がされている。

4

辛抱が肝心だ。
この世を去るのは、生まれ出てくるときと同じ。
そうなる時がやがてくる。

――『リア王』第五幕第二場

Men must endure
Their going hence, even as their coming hither.
Ripeness is all

King Lear, Act 5 Scene 2

Ⅵ

虚しさにおそわれたら

父グロスター伯爵が弱音を吐いて、もう死んでしまいたいと言うとき、息子エドガーが言う台詞。人は生まれてくるときを選べないが、それは死ぬときも同じで、勝手に自分の命を絶ってはいけない――「十戒」の一つ「汝殺すなかれ」があるので、キリスト教では自殺が禁じられているのである。したがって、生まれてくるのも死ぬのも運命であって、人間にその時を選ぶことはできない。

最終行は、木の実が熟せば自然と落ちるように、「何事も熟していって自然に起こるものだ」という意味。「今は青い実、木にしがみつこうとも、熟せば、触れずとも地に落つる」と『ハムレット』で語られる（↓182ページ）が、木の実が落ちるイメージは、人が死ぬイメージであり、そうした自然の摂理のなかに人が生きているという発想。「機が熟すのを待つしかない」とも訳せる。

なお、『ハムレット』第四幕第四場では狂乱のオフィーリアが「何もかもうまくいくといいわね。辛抱が肝腎よ」と言う。人の死は神が定めたもうもので、人の生と同じであるから、人はいつ死ぬのかわからない。だから、死ぬまでは辛抱しなければならない。「無常の風は時を選ばず」とも言う。

「無常の風が吹く」とは、死が訪れるということ（↓51ページ）。

5

一度思い定めたことでも、
破るは、これ、人の常
決意は所詮、記憶の僕《しもべ》、
産声高けれど、永らう力なし。
今は青い実、木にしがみつこうとも、
熟せば、触れずとも地に落つる。

――『ハムレット』第三幕第二場

What we do determine oft we break.
Purpose is but the slave to memory,
Of violent birth, but poor validity,
Which now, like fruit unripe, sticks on the tree,
But fall, unshaken, when they mellow be.

***Hamlet*, Act 3 Scene 2**

『ハムレット』は、一旦やろうと思い定めたことが、いろいろと考えるうちにできなくなってしまう男の悲劇とも言える。「生きるべきか死ぬべきか」の第四独白も、決意の熱い赤色が思考の冷たい青色に染まって「行動という名前を失う」と語って締めくくられる（↓29ページ）。

ハムレットが上演させた劇中劇のなかで、劇中の王のこの台詞は、さらにこう続く――

決意とは、己に払うと約した負債、
己が払い忘るるは、詮《せん》なきこと。
熱情ゆえに己に固く誓いしことも、
熱情果つれば、誓いも消ゆる。

さらに、こう続く――「この世は永久《とこしえ》ならず……愛が運命を変えるか、運命が愛を変えるか、所詮、人知の及ばぬこと。偉大なる人が墜ちれば、取り巻きは逃げ、貧者が出世すれば、敵も味方となる。かくまで愛は運命にかしずく。富める者、友に事欠くことなけれど、貧しき者、不実の友を試さんとせば、直ちに友は敵とならん」。ここには『アテネのタイモン』のテーマがある。『ハムレット』という作品に、いろいろな別の作品の種が詰まっていることがわかる。

6

鵜《う》のように貪欲な「時」。

――『恋の骨折り損』第一幕第一場

cormorant devouring Time.

Love's Labour's Lost, Act 1 Scene 1

VI

虚しさにおそわれたら

ナヴァラ王ファーディナンドは、時間は鵜《う》のように貪欲にすべてを呑み込んでしまうが、その時間の鎌の刃を鈍らせて名声を勝ち得ようと提案し、世俗の快楽を退けて三年間勉学に耽ることを仲間の貴族三人に求める。

「時」の神は、大きな鎌を手にした老人とされているが、これはギリシャ神話における、鎌を手にする農耕の神クロノスと、時間の神クロノスが混同されたためとされる。さらに、同様に命を断ち切る鎌を手にした死神とも同一視されるようになった。

時はすべてを呑み込んで、何もかも終わらせて過去にしてしまう。それに勝つためには、時を越えて人々の心に刻まれる名声を打ち立てなければならない。

どんな人も時には勝てず、いずれはその鎌の刃によって消えざるを得ない。しかし、名を後世に残せるだけの活躍ができたら、時に勝利したと言える。そう考えて王は世俗の快楽を退けることを提案するのだが、フランス王女と美しい三人の貴婦人が現れたとたんにその計画は頓挫する。

時は現在の難局を解決したり（↓１９２ページ）、悲しみや傷を癒してくれたりする面もあるが、最終的には人生の最後の区切りをつけるものでしかない（↓１９８ページ）。

現在の一瞬の価値こそが、何よりも重要だと考えて行動しよう。

7

きれいは汚い、汚いはきれい。

——『マクベス』第一幕第一場

Fair is foul, and foul is fair.

Macbeth, Act 1 Scene 1

『マクベス』の魔女たちが唱える呪文のような謎の言葉で、「オクシモロン」(矛盾語法、撞着語法)の典型。「フェア」は、ここでは「公正」の意味ではなく、「美しい」の意味だ。金ぴかの超高層トランプ・タワーが「きれい」でも、汚い金で建てられたのだと思えば「汚い」とも言える。

「襤褸《ぼろ》は着てても心は錦」は、「汚いはきれい」の例だろう。

シェイクスピアの特徴の一つに「多声性」(multivocality)がある。いろいろな声が聞こえてきて、人によって物の見方がちがうことがわかり、物事は観方によっては「よい」とも「悪い」とも言え(↓166ページ)、多義的に捉えられることを示すものだ。それゆえ、シェイクスピアは、このオクシモロンを多用する。

喜劇『十二夜』では、男装してシザーリオと名乗るヴァイオラが女性に惚れられて「私は私ではない」(「実は私は女なんです」の意味)と語り、悲劇『オセロー』でも悪党イアーゴーがまったく同じ台詞を言う(「正直者と思われているが、実は俺は悪党だ」の意味)。ほかにも、「鉛の羽根、輝く煙、冷たい炎、病んだ健康」(『ロミオとジュリエット』)、「これはクレシダであってクレシダではない」(『トロイラスとクレシダ』)など、シェイクスピアには矛盾の言葉が満ちている。

8

喜びのないところでは得るものはありません。
ですから、好きなことを勉強なさい。

――『じゃじゃ馬馴らし』第一幕第一場

No profit grows where is no pleasure ta'en.
In brief, sir, study what you most affect.

The Taming of the Shrew, Act 1 Scene 1

学芸の都パドヴァへやってきた青年ルーセンショーに、「何でも好きな学問を勉強するといいです」と忠告する従者トラーニオの台詞。

「労なくして益なし（no pain, no gain）」や「苦は楽の種」などの発想と逆で、「好きこそもののじょうずなれ」と類似する。

勉強においても「楽しい」「おもしろい」と感じることがなければ、何も身につかない。もし自分の子供に勉強させたければ、「勉強しなさい」と命じるのではなく、いかに勉強が楽しいものであるかを教えてやるのが肝要。

口うるさく命じるのは、勉強はいやなものという印象を植えつけるだけで、かえって逆効果だ。まずは親や教師自身が勉強は楽しいと感じて、その楽しさを伝えなければ、子供もその気にはならない。

子供が小さいときに一緒に絵本を読んだり、算数の問題を一緒に解いたりして「できたね！」とほめてあげたりするのが一番だ。学校の先生が好きかどうかも重要。

幼い頃に学ぶことの楽しさを知れば、あとは子供が自分で好きなことを見つけるだろう。学びとは、学校の試験でよい点数を取ることではなく、知りたいという知識欲を養うことなのである。

9

この世はすべて舞台。
男も女もみな役者にすぎぬ。
退場があって、登場があって、
一人が自分の出番にいろいろな役を演じる。
その幕は七つの時代から成っている。

——『お気に召すまま』第二幕第七場

All the world's a stage,
And all the men and women merely players;
They have their exits and their entrances,
And one man in his time plays many parts,
His acts being seven ages.

As You Like It, Act 2 Scene 7

VI

虚しさにおそわれたら

アーデンの森で前公爵を取りかこむ貴族たちのなかに皮肉屋のジェイクィズがいて、この台詞を言う。人生は芝居であり、人は役者であるとする「世界劇場」（テアトラム・ムンディ）の概念だ。人生の「七つの時代」とは、赤ん坊、子供、恋する若者、軍人、裁判官、老人、そして寝たきりである。ジェイクィズはその一つ一つにコメントしていって、人生最後は「完全なる忘却、歯もなく、目もなく、味もなく、何もなし」になると締めくくる。老人性痴呆の問題は、いつの時代にもあったわけだ。

「世界劇場」は、マクベスの場合（196ページ）は、人生の儚《はかな》さ（退場するとそれきり何の音もしなくなる）を強調し、『リア王』の場合（178ページ）は、人生の愚かしさを強調しているが、ここでは、人が人生のなかでいろいろな役を演じることを述べている。

『ヴェニスの商人』第一幕第一場でも、ヴェニスの商人アントーニオがこう語る。

世の中は世の中にすぎんよ、グラシアーノ、
誰もが自分の役を演じる舞台だ。
そして私の役は憂鬱な役なんだ。

いろいろな役があるのが当然なので、みなばらばらで構わないのだという発想だ。

10

ああ、時よ、このもつれ、
ほぐすのはおまえ、私じゃない。
私には固すぎて、解きほぐそうにも、ほぐせない。

――『十二夜』第二幕第二場

O time, thou must untangle this, not I,
It is too hard a knot for me t' untie.

Twelfth Night, Act 2 Scene 2

VI

虚しさにおそわれたら

オーシーノ公爵の恋の使いとなったヴァイオラは、男に扮しているがゆえにオリヴィア姫から惚れられたが、自分は女であるからその恋に応えられない。しかも、女として公爵を慕っているけれども、男を演じるかぎりは公爵への恋は成就しない。このもつれを解くのは時に任せるしかないと言う。

「時が解決してくれる」という言い方もするが、シェイクスピアには「待てば甘露（海路）の日和あり」とか「果報は寝て待て」式の、のほほんとした発想の台詞は少ない。ここでヴァイオラは、自分ではどうすることもできないから時に頼るしかないと言っているのであって、「そのうち何とかなるだろう」と楽観的になっているわけではない。

スペイン語の「ケセラセラ」も、「まあなんとかなるだろう」ではなく、「なるようにしかならない」という意味であり、このヴァイオラの台詞に近い。「ケセラセラ」の初出は、シェイクスピアと同い年の劇作家クリストファー・マーロウの『ファウスト博士の悲劇』（一五九〇年頃執筆）で、次のように記される。

そう、人は死なねばならぬ、永劫の死を。
この教えを何と呼ぶ？　ケ・セラ・セラだ。
なるようにしか、ならぬということ。

11

栄誉の行く道は狭く、
二人並ぶことはできない。

――『トロイラスとクレシダ』第三幕第三場

For honour travels in a strait so narrow
Where one but goes abreast.

Troilus and Cressida, Act 3 Scene 3

智将ユリシーズが、傲慢なアキレウスの態度を改めさせるため、アキレウスではなくアイアスがギリシャ軍の代表に選ばれ、ヘクトルと戦って栄誉を得ることになるかもしれないと示唆する。

「両雄並び立たず」（『史記』）というように、同じくらいの力を持つ英雄が二人いるときは、必ずどちらか一方が残ることになる。

『ヘンリー四世』第一部の最後の方で、ハル王子がホットスパーと一騎打ちをするとき、「これからはもう、俺と栄誉を分かち合えると思うな。二つの星が一つの軌道をめぐることはない」と言うのも同じ意味。

『から騒ぎ』でドグベリー巡査が「二人が馬に乗ると、どっちかがうしろになるのはしかたない（an two men ride of a horse, one must ride behind）」と言うが、これも同じような内容だ。中国語には「一山不容二虎」（一つの山に二頭の虎は棲めない）ということわざがある。

トップに立ちたいときに使える表現だが、反対の表現に、老子の「あえて天下の先とならず、故によく器の長きを成す」（人の先頭に立たずにいた方が、かえって人の長となる）がある。

12

明日《あした》、また明日、そしてまた明日と、
記録される人生最後の瞬間を目指して、
時はとぼとぼと毎日歩みを刻んで行く。
そして昨日《きのう》という日々は、阿呆どもが死に至る塵《ちり》の道を
照らし出したにすぎぬ。消えろ、消えろ、束の間の灯火《ともしび》！
人生は歩く影法師、哀れな役者だ。
出番のあいだは大見得切って騒ぎ立てるが、
そのあとは、ぱったり沙汰止み、音もない。
白痴の語る物語。何やら喚《わめ》きたてたてはいるが、
何の意味もありはしない。

――『マクベス』第五幕第五場

To-morrow, and to-morrow, and to-morrow,
Creeps in this petty pace from day to day,
To the last syllable of recorded time;
And all our yesterdays have lighted fools
The way to dusty death. Out, out, brief candle!
Life's but a walking shadow, a poor player,
That struts and frets his hour upon the stage,
And then is heard no more. It is a tale
Told by an idiot, full of sound and fury,
Signifying nothing.

***Macbeth*, Act 5 Scene 5**

マクベスは王になる野望を、妻のために果たしたにもかかわらず、その妻の訃報を知らされ、人生の虚《むな》しさを感じてこう語る。トモロー・スピーチとして知られる有名な台詞だ。人を役者に譬《たと》え、人生を芝居に譬える「世界劇場」(テアトラム・ムンディ)の思想に基づいている(「私たちは夢を織り成す糸のようなものだ」74ページ、「人間、生まれるときに泣くのはな」178ページ、「この世はすべて舞台」190ページ参照)。「束の間の灯火」とは、命のメタファー。『オセロー』第五幕第二場でも、デズデモーナを殺そうと決意したオセローは、「光を消し、そうやって命の灯《ともしび》を消そう」とつぶやく。「白痴の語る物語」を形容する sound and fury は、*The Sound and the Fury* としてウィリアム・フォークナーの小説(三十三歳の重度の知的障害者が語る物語)の題名となっている。邦題は『響きと怒り』。

役者の出番が終わることが「死」のイメージで捉えられているが、これは「死を想え」(メメント・モーリ)という当時の発想に基づく。マクベスにとって、妻が死んでしまっては「何の意味もありはしない」のだ。

人生の儚《はかな》さをここまで表現した言葉はないだろう。

Shakespeare quotes

Ⅶ

豊かさについて考えたら

1

金の貸し借り不和のもと、と。
貸せば、金と友だちを同時に失う。
借りれば、倹約が馬鹿らしくなる。

——『ハムレット』第一幕第三場

Neither a borrower nor a lender be,
For loan oft loses both itself and friend,
And borrowing dulleth th'edge of husbandry.

Hamlet, **Act 1 Scene 3**

オフィーリアの父ポローニアスは、パリ遊学へ出発する息子レアーティーズにいくつかの教訓を垂れるが、これがその一つ。友人に金を貸すと、なかなか返してもらえず、その結果、友情関係が壊れてしまうと言う。

一行目の英文を直訳すると「金の借り手にも貸し手にもなってはいけない」となる。『ヴェニスの商人』第一幕第三場で、商人アントーニオがシャイロックに「金を貸す気があるなら、友だちに貸そうというつもりになるな」というのも意味深長だ。

シェイクスピア自身は金に厳しく、締まりやだったことがわかっている。無駄遣いをせずにせっせと貯め込んで、故郷に町で二番目に大きな家を買って家族を住まわせたのだ。そうして金を持っていた以上、友だちから「貸してくれ」と頼まれることもしょっちゅうだっただろう。そして、貸した結果、友だちに裏切られたという思いも経験したのかもしれない。シェイクスピア作品には友だちに裏切られるというテーマが頻出する（103、109、183ページ参照）。

もし友だちから「お金、貸して」と言われたら、「あ、今、現金の持ちあわせがないんだ」などと上手にごまかして断ろう。友だちを失いたくなければ。

2

名声というものは、閣下、男でも女でも、その人の魂にとってかけがえのない宝なのです。財布なら盗まれても平気です。あればあったで、なければないない。自分のものが人のものとなり、手から手へ渡っていく。ところが人の名声を盗む者は、盗んだやつには何の得にもならぬのに、人をすっかり貧しくする。

――『オセロー』第三幕第三場

Good name in man and woman, dear my lord,
Is the immediate jewel of their souls
Who steals my purse steals trash. 'Tis something, nothing:
'Twas mine, 'tis his, and has been slave to thousands.
But he that filches from me my good name
Robs me of that which not enriches him
And makes me poor indeed.

Othello, Act 3 Scene 3

お金なら盗まれても悔やむ必要はないということは、シェイクスピアでは頻出する。盗まれても気にしなければ心は穏やかでいられる。自分の手元にまだそれなりの金が残っているなら、「金は天下のまわりもの」と考えていればよい。

ところが、名声は、一度傷ついてしまうと、取り返しがつかない。『オセロー』では、名声の重要さが何度も強調される。キャシオーは、酒に酔って狼藉《ろうぜき》を働いたために副官の身分を剥奪されてしまうが、そのとき「名声、名声、名声！　ああ、俺は名声をなくしちまった。俺自身の一番大切なものをなくしちまった」と嘆く。イアーゴーは「名声なんて、功績がなくても手に入り、罪がなくてもなくなっちまう、つまらない、嘘っぱちの見せかけです」と嘯《うそぶ》くが、たとえ容易に失われやすいものであっても、名声がないと、人は社会で活躍できない。現代社会においては、「名声」を「評判」と置き換えるとわかりやすいだろう。特にSNSなどネット上では、人の評判が簡単に傷つけられ、一旦拡散してしまうとなかなか評判の回復がむずかしい。風評被害で経営がたちいかなくなることもある。悪口を書きこむ人は罪の意識もなしにそうしているのかもしれないが、書かれた方は人生を破壊される。

財布を盗まれるより、その方がずっとこわい。

3

貧しくても満足している者は十分豊かです。
けれども、貧しくなることを恐れる者には
無限の富も冬のわびしさとなります。

――『オセロー』第三幕第三場

Poor and content is rich, and rich enough,
But riches fineless is as poor as winter
To him that ever fears he shall be poor.

Othello, Act 3 Scene 3

Ⅶ

豊かさについて考えたら

イアーゴーは言葉巧みにオセローを騙す。デズデモーナという富を手にしていても、それを失うことを恐れたら、豊かさを失い、冬のわびしさを感じるだろうと言って、「デズデモーナを失う恐怖」を煽るのだ。

貧乏人の暮らしの方が気楽で、財産がある人はその管理に気苦労が絶えないということは昔から言われてきたことだ。「満足は大いなる富」「豊かさは気苦労と不安をもたらす」などとも言われる。

失うものは何もないなら気楽な人生と言えるかもしれないが、友情や家族や財産など、守るべきものを持たない人生は悲しすぎる。マクベスは「この年なら当然持っていてしかるべきの栄誉、愛、従順、大勢の友人など」を持っていないことを嘆く（第五幕第二場）。普通の人なら何かしら守るべきものがあるはずだ。だが、それを失うことを心配し始めるときりがない。失わないように警戒することは大切だ（↓17ページ）が、過度な心配は百害あって一利なしだ。

先行きどうなるかわからないことを今から心配するのは、取り越し苦労にすぎない。「なるようになる」と腹を括ろう（↓50、193ページ）。

幸せは、貧乏か金持ちかで決まるのではなく、満足できるかどうかで決まるのだ。

4

光るもの必ずしも金ならず。

——『ヴェニスの商人』第二幕第六場

All that glitters is not gold.

The Merchant of Venice, Act 2 Scene 6

Ⅶ

豊かさについて考えたら

ポーシャの父が娘の婿選びの方法として定めた箱選びは、金・銀・鉛のなかから正しいものを一つ選べというもの。最初の挑戦者であるモロッコ公は、金の箱をあけ、なかに髑髏《しゃれこうべ》と「光るもの必ずしも金ならず」で始まる文章が書かれた紙を発見する。

このことわざはシェイクスピア以前から知られていたものだが、シェイクスピアの台詞としてさらに知られるようになった。

イソップ童話「金の斧、銀の斧」では金・銀・鉄から選ぶが、ここでは、金・銀・鉛の箱選びとなる。正しい箱を選びとるバサーニオはこう語る――「なるほど、外見は内実を映しはしない――。世間はいつも見せかけに騙《だま》される――。法廷では、どんな穢れて腐りきった訴えでも、品のよい声で味付けをされると、罪悪がぼやけて見えてこない。宗教でも、どんなおぞましいまちがいをしても、まじめな顔で祝福をし、説教をしてそれを認めれば、美しい飾りで忌まわしさを隠してしまう。どんなつまらない悪でも、外面を少しは取り繕うものだ」と述べ、美人の化粧も装飾にすぎないとして、「抜け目ない世間が身につけるうわべだけの真実」を警戒する。

外見と内実は一致しないというテーマはシェイクスピア作品に頻出する(→81ページ)。「襤褸《ぼろ》は着てても心は錦」については、125ページ参照。

5

名前が何だというの？　薔薇と呼ばれるあの花は、
ほかの名前で呼ぼうとも、甘い香りは変わらない。

――『ロミオとジュリエット』第二幕第二場

What's in a name? That which we call a rose
By any other word would smell as sweet.

Romeo and Juliet, Act 2 Scene 2

ジュリエットは、自分が一目惚れした男性が敵のキャピュレット家の一人息子ロミオであることを知って愕然《がくぜん》となり、屋敷のバルコニーに出てこの台詞を言う。キャピュレットという名前であろうとなかろうと、私にとってすてきな人であることに変わりはないという意味。

人を判断するとき、肩書とか所属で判断するのではなく、その人がどのような人かを見なければならない。それは、絵を鑑賞するとき、絵に付けられたラベルからその作者の名前を知り、批評家の解説を読んでその絵の価値を考えるのではなく、絵そのもののよさを見るべきであるのと同じである。重要なのは内実であって、どんなラベルがついているかではないという点では、シェイクスピア作品に頻出する「外見と内実」のテーマと共通する。

文学研究では、有名な作家の書いたものだから読むのではなく、テキストそのもののよさを理解すべきだと、一九二〇年代にケンブリッジ大学教授I・A・リチャーズらが、作者の名前を伏せて学生に読ませるという実践批評を行ったことが知られる。ここからニュークリティシズム（新批評）が発展していった。

有名ブランド品を持っていることを得意がっている人に教えてあげたい台詞。

6

甘すぎる蜂蜜《はちみつ》は
その甘さゆえにいとわしく、
味わえば、食欲も失せるもの。
ゆえに節度を持って愛すのだ。
それが永き愛の道。
急ぎすぎるのは、のろい歩みと変わらない。

——『ロミオとジュリエット』第二幕第六場

The sweetest honey
Is loathsome in his own deliciousness,
And in the taste confuounds the appetite.
Therefore love moderately; long love doth so.
Too swift arrives as tardy as too slow.

Romeo and Juliet, Act 2 Scene 6

ロレンス神父は早くジュリエットと結婚したいと焦るロミオに対して、「そのような激しい喜びは、激しい終わり方をする」と忠告し、こう言って過度の熱情や急ぎすぎることを戒める。「甘すぎる蜂蜜」は、過度な愛のメタファー。「愛は小出しにせよ」「熱愛は冷めやすし」といった表現もある。

最後の一文は、「賢くゆっくりとだ。駆け出す者は転ぶもの」（20ページ）と似て、あまりあわてると、転んだりして、却って遅れるという意味。「すぎたるは及ばざるがごとし」と同じだ。

ネリッサは「食べすぎて気持ち悪くなるのも、おなかが空きすぎて気持ち悪くなるのも一緒。ですから、ほとほと困り果てぬ、ほどほどの並みの状態が並みならぬ幸せ。ほどを超せば白髪が増える、ほどを守れば命が延びると申します」（『ヴェニスの商人』第一幕第二場）と忠告するし、ノーフォーク公は「そうかっかと怒って炉を熱く燃やすと、却ってご自分が火傷をします。急ぎすぎると、行きすぎて損をする。火が強すぎると吹きこぼれて、量が増したように見えて、実は減るのです」（『ヘンリー八世』第一幕第一場）と言う。ラフューは、「節度ある嘆きは死者への務めだが、過度な悲しみは生きる者を傷つける」（『終わりよければすべてよし』第一幕第一場）と諭《さと》す。

7

俺はクルミの殻に閉じ込められても、無限の宇宙の王だと思える男だ。

——『ハムレット』第二幕第二場

I could be bounded in a nutshell, and count myself a king of infinite space.

Hamlet, Act 2 Scene 2

「心頭を滅却すれば火もまた涼し」という表現に似ているが、精神集中というレベルの問題ではなく、認識論の問題だ。

人は何かを認識するとき、心にその心像（ファンタズマ）を形成して認識する。ファンタズマがその人の認識世界であり、万一、人によって認識が異なる場合、事実がどうであるかを確かめようとしても、根拠となるのは個々人のファンタズマでしかない以上、誰の認識が正しいか決定し得ない。他人がそれをクルミの殻のように狭い世界だと認識しても、自分が「無限の宇宙」にいると認識するなら、自分にとってそれは「無限の宇宙」なのだ。

そもそも「狭い」「広い」という感覚は人によってちがう。狭いアパートに住んでも特に狭いと感じない人もいれば、広い家に住んでいても手狭だと感じる人もいるだろう。物事のよしあしは、物事それ自体にあるのではなく、それをどう捉えるかという人の価値判断のなかにある。

このことを逆に応用すれば、意識的に自分の精神をコントロールすることで自分にとって最も都合のよい環境を作り出すことができる。ネガティブな考え方をやめて、ポジティブ・シンキングによってストレス・フリーな生き方をしよう。

8

人はみな、大切なものを持っているときは、
その大切さに気づかぬもの。ところが、
それがなくなってみて初めて、
かけがえのないものだったと気づき、
それが自分のものだったときには気づかなかった
大切さを知るのです。

――『から騒ぎ』第四幕第一場

What we have we prize not to the worth
Whiles we enjoy it, but being lack'd and lost,
Why then we rack the value, then we find
The virtue that possession would not show us
Whiles it was ours.

Much Ado about Nothing, Act 4 Scene 1

Ⅶ 豊かさについて考えたら

結婚式で、新郎クローディオは、花嫁ヒアローが別の男と逢引きしていたと激昂《げきこう》し、ヒアローはショックのあまり気絶してしまう。結婚式を取り仕切っていた神父は、新郎側の人たちが立ち去ったあと、ヒアローの命が失われたと偽の公表をしようと提言して、この台詞を言う。失われたと考えれば、新郎もヒアローのことを大切にすればよかったと思うようになるだろうというのである。

「人はしばしば自分で捨てておきながら、また求めたりするものだ」（『アントニーとクレオパトラ』第一幕第二場）という類似の台詞もある。クレオパトラと浮名を流して妻ファルヴィアをないがしろにしてきたアントニーだが、いざ妻が死ぬと「いい女だった」と述懐するのだ。似た表現に、「死ぬる子は眉目《みめ》よし」「孝行のしたい時分に親はなし」「逃がした魚は大きい」などがある。

人は持っていたものをなくして初めてその価値を思い知る。持っているときにはそのありがたさに気づかないのだ。

たとえば健康であること一つをとっても、失ってその大切さをかみしめるものの例に挙げられる。失う前に、それを持っていることのありがたさをかみしめよう。

当たり前の毎日を送れることが幸せなのだ。

9

必要を論ずるな。どんなに卑しい乞食でも、
貧しいもののなかに余計なものを持っている。

――『リア王』第二幕第四場

O, reason not the need! Our basest beggars
Are in the poorest thing superfluous.

King Lear, Act 2 Scene 4

Ⅶ

豊かさについて考えたら

リアは、長女ゴネリルと次女リーガンから、屋敷には大勢の召使いがいるのだから、リアのお世話はその者たちに見させればよいのであり、リアには供回りの騎士など一人も要らないだろうと言われる。リアの直属の騎士たちの乱暴狼藉がひどいために、迷惑しているというのだ。

これに対して、リアは、「必要か否かが問題なのではない、もし服を着るのが体を温める必要のためであれば、おまえだって体を温める役に立たない胸のあいたドレスを着ているではないか」と反論する。

リアが供回りの騎士を求めるのは、前王としての威厳を保つためなのだ。人は、必ずしも必要でないことをいろいろする。それが文化だ。儀礼や儀式といったものもそのなかに含まれる。「もし自然が必要とするもの以上を人間に与えなければ、人間の生活など獣《けだもの》の暮らしと変わらない」とリアは言う。

部屋を片付けるための断捨離の極意は、「自分にとって本当に必要なものを見極めること」だという。しかし、普段使っていなくても思い出が詰まっているものや、大切にしたいものについて必要は論じられないだろう。

この名言は、断捨離の敵かも？

10

価値は個人の意志で決まるのではない。

――『トロイラスとクレシダ』第二幕第二場

But value dwells not in particular will.

Troilus and Cressida, Act 2 Scene 2

VII
豊かさについて考えたら

トロイ戦争は、スパルタ王メネラウスの妻ヘレネをトロイ王子パリスが奪ったために起こったが、トロイ王子の長男ヘクトルは、ヘレネにそれだけの価値はないと言ってこの台詞を言う。パリス個人がヘレネに過剰な価値を置いているにすぎないというわけだ。ヘクトルのこの考えは、物事にはその固有の意味や本質があるとする本質主義だ。これに対して弟のトロイラスは、実存主義的観点から反論する。たとえば、妻を選ぶのは自分の好き嫌いに基づく主観的判断であると。価値は客観的に定まるのではなく、主観的に定まるのだ（だから、コマーシャルでも商品の詳細な事実を並べ立てたりせず、イメージに訴えかけたりする）。

ヘクトルの本質主義の方が一般的な見方かもしれないが、シェイクスピアはトロイラスのような実存主義的発想をあちこちで表明する。ハムレットの「そもそも、それ自体よいとか、悪いとかいうものはない。考え方一つだ」（166ページ）もその例だ。

本質主義の場合は客観的事実を重視する。だが、本当の「価値」とは、自分が主観的に判断して自分がその価値を納得したときに感じるのではないだろうか。

他人《ひと》がよいと言うものを追い求めるのではなく、自分で判断して、自分が好きなものを大切にしよう。

11

愚かしい考えだ。
人を着ているもので判断するとは。

——『ペリクリーズ』第二幕第二場

Opinion's but a fool, that makes us scan
The outward habit by the inward man.

Pericles, Act 2 Scene 2

ペンタポリス王サイモニディーズは、槍試合に出場する騎士たちと、さびた鎧《よろい》に身を包んだペリクリーズを見て、こう述べる。「襤褸《ぼろ》は着てても心は錦」（↓125ページ）と同じだ。

しかし、着ているものや身だしなみで、その人の社会性や人柄が見えてくるのも事実。だからこそ偽ろうとする者は身なりを変える。そもそも演劇とは扮装を変えることでいろいろな役を演じてみせるものだが、演劇と同様、人生においても見せかけが意味を持つことについては、リア王がこう語る――「襤褸を着ていれば、悪徳がまる見えだが、法衣や毛皮付きのガウンならすっかり隠せる。罪を金で包めば、強力な正義の槍も折れちまう。襤褸を着せれば、小人の藁《わら》しべでも貫かれる」（第四幕第六場）。

「見せかけ」の問題だ。マクベス夫人は夫に「世間を欺くには、世間と同じ顔をしなければ。……無心の花とみせかけて、そこに潜《ひそ》む蛇とおなりなさい」（第一幕第五場）と語り、イアーゴーは「他人に見える俺の行動が、この心のうちや本心をすっかり曝《さら》け出しちまうようなことがあってたまるものか。それくらいなら、俺はいっそのこと心臓を袖口にくっつけて、カラスにつつかせてやる。俺は今の俺じゃない」（『オセロー』第一幕第一場）と漏らす。巻末索引で「外見」を参照のこと。

12

余分な小枝は切り落とすものだ。
大枝が育つように。

――『リチャード二世』第三幕第四場

Superfluous branches
We lop away, that bearing boughs may live.

Richard II, Act 3 Scene 4

庭師たちが政治談議をしている場面で、王様が成り上がりの取り巻き連中の首を切っていれば今頃は安泰だったのにという意味で、一人の庭師がこの台詞を言う。切り落とされる枝が人間に譬《たと》えられるとドキッとするが、剪定《せんてい》は木の健康のために行うことである。シェイクスピアは植物のメタファーを用いることが多い。

大枝は「大物」、小枝は「小物」を意味し、現在の民主主義とは相容れないが、シェイクスピアの世界では、「燕雀《えんじゃく》いずくんぞ鴻鵠《こうこく》の志を知らんや」（ツバメやスズメなどの小さな鳥に、ハクチョウなどの大きな鳥の気持ちはわからない）という発想がある。シェイクスピアにとって、徳高い高貴な人間と、無知蒙昧な有象無象ははっきり分けられるのだ。たとえば、ローゼンクランツとギルデンスターンがハムレット王子の身代わりとなって殺されたことに対して、ハムレットは「良心はちくりとも痛まぬ……大物同士が火花を散らして斬り結ぶ刀の切っ先に、小物がうろちょろするのは危険だ」（第五幕第二場）と言う。

階級制度が明確だった時代、身分の差は大きかった。マルヴォーリオが「生まれつき偉大な者もあれば、偉大さを勝ち得るものもあり、偉大さを与えられる者もあります」という偽恋文を読んで舞い上がってしまったのは、上の階級に昇れると思ったからだ。

Shakespeare quotes

VIII

恋愛に悩んだら

1

どれぐらいと数えられる愛など乏しいものだ。

――『アントニーとクレオパトラ』第一幕第一場

There's beggary in the love that can be reckon'd.
Antony and Cleopatra, Act 1 Scene 1

Ⅷ

恋愛に悩んだら

「どれほど私のことを愛してくれているの？」というクレオパトラの問いに、マーク・アントニーはこう答え、自らの愛の大きさを誇る。

『リア王』第一幕第一場で、長女ゴネリルが「言葉では言い表せないほどあなたを愛しています」と述べるのはおべっかだが、ジュリエットは心の底から次のように語る（『ロミオとジュリエット』第二幕第六場）。

自分の価値を数えられるのは貧しい人。
私のまことの愛は、あまりにも大きくなってしまって、
その豊かさの半分も数え上げることはできません。

ジュリエットは、「私の気前のよさは、海のように果てしなく、愛する気持ちも海のように深い。あげればあげるほど、恋しさが募る。どちらもきりがないわ」（第二幕第二場）とも述べて、自分の愛の大きさを訴えている。『空騒ぎ』第二幕第一場では、愛するヒアローとの結婚が決まったとき、伯爵クローディオが「沈黙は喜びの最大の表現です。どれぐらい幸せかと言えるぐらいなら、たいした幸せではないのです」と語る。

喜びが大きすぎて言葉で表現できないとき、あるいは自分の口下手をごまかすときに、使える表現だ。

2

恋人は時間に遅れたりしない。
早く来ることはありえても。
恋の思いは拍車をかけるのだから。

――『ヴェローナの二紳士』第五幕第一場

Lovers break not hours,
Unless it be to come before their time,
So much they spur their expedition.

The Two Gentlemen of Verona, Act 5 Scene 1

Ⅷ

恋愛に悩んだら

ヴァレンタインの恋人シルヴィア姫と待ち合わせをする紳士エグラモーの台詞。

恋する者は恋する人に逢いたくて居ても立ってもいられず、時間の翼より速い翼をつけて飛んでいこうとする。ロミオのところへ使いを出した乳母の帰りが遅いといらいらしながら待つジュリエットはこう語る――「恋の使いに出すのなら、暗い山のかなたに影を追い散らす日光より十倍速く駆け巡るこの胸の思いでなくちゃだめ。だから、愛の女神の馬車は、身軽な鳩が牽《ひ》いている。だから、風のように速いキューピッドには翼があるんだわ」（第二幕第五場）。

「時は人によってちがった流れ方をする」（34ページ）のであり、恋する者にとって恋人と逢うまでの時間はもどかしく、逢っているあいだの時間はあっという間に過ぎる。

「ああ、ロミオ、ロミオ、どうしてあなたはロミオなの」で始まるバルコニーの場の時間経過は、深夜から夜明けまでの数時間なのに、二人がキスをしているあいだの数分にあっという間に経過する（シェイクスピア・マジック！）。

『ヴェニスの商人』第二幕第六場でも、「恋する者の時間は、時計より速い」（Lovers ever run before the clock）と語られるが、「新しい愛の証文に判を捺《お》すときは猛スピードだが、昔の誓いを守るときは、十倍のろい」とオチがつく。

3

男なんて口説くときは四月でも、結婚するときは十二月。女は、結婚前は五月でも、妻となったら空模様が変わる。

——『お気に召すまま』第四幕第一場

Men are April when they woo, December when they wed. Maids are May when they are maids, but the sky changes when they are wives.

As You Like It, Act 4 Scene 1

オーランドーとの恋愛ゲームの最中に、《ギャニミード》こと男装のロザリンドが叩く軽口。結婚したら、愛情は冷めて北風が吹くということ。「釣った魚に餌はやらない」と同じ。女性の方も、口うるさい妻に変わるというニュアンス。

『トロイラスとクレシダ』第一幕第二場では、クレシダが「女は口説かれているうちは天女だけれど、落とされたら最後。楽しいのは求愛の最中だけ。愛されてそれを知らない女は馬鹿よ。男は手に入らないものをありがたがる」と言い、女は口説かれているうちが花だと語る。

『ヴェニスの商人』第二幕第六場で「恋する者の時間は、時計より速い」と語るグラシアーノは、恋する者は恋を手に入れようとするときは夢中になるが、一旦手に入れてからはゆっくりになると説明する。「なんにせよ、手に入れてからより手に入れようとするときに熱くなるんだ」と、グラシアーノは語る。

物についても当てはまる。ほしい、ほしいと思って購入しても、結局あまり使わずに放置してしまった経験はないだろうか。健康器具とかジューサーとか。手に入れるまではそのことを考え続けるのに、手に入れたら放ってしまう。人は持っていないものをほしがるが、『青い鳥』の教訓を思い出そう（↓135ページ）。

4

恋はまことに影法師。
追えば追うほど逃げていく。
こちらが逃げれば追ってきて、
こちらが追えば逃げていく。

――『ウィンザーの陽気な女房たち』第二幕第二場

Love like a shadow flies when substance love pursues
Pursuing that that flies, and flying what pursues.

The Merry Wives of Windsor, Act 2 Scene 2

Ⅷ

恋愛に悩んだら

ウィンザーの市民フォードは、妻の浮気現場を押さえようと、ブルックと偽名を名乗ってフォールスタッフのもとにやってくる。間男のフォールスタッフから逢引きの情報を聞き出してやろうという魂胆だ。フォールスタッフを騙《だま》すために、自分はフォード夫人に恋をしていると嘘をついて、恋にまつわるこんな台詞を言う。

確かに恋愛はうまくいかないことが多い。好きな人には嫌われて、嫌いな人から好かれたりする。

『から騒ぎ』第一幕第一場でビアトリスが「変なのに口説かれるんじゃたまったもんじゃないもの……男に愛してますなんて言われるより、飼い犬がカラスに吠えたてるのを聞いてた方がまし」と言うときは、嫌いな男性から惚れられたくないという意味だが、恋の駆け引きで、相手の気を引くためにわざと冷淡なそぶりをすることもある。

人はなかなか手に入れにくいものをこそ、ほしがるものだからだ。

ジュリエットも「私がすぐに落ちる女だとお思いなら、私は眉をひそめて、いやと言って、すねてみせるわ」（第二幕第二場）と言う。クレオパトラも、わざと恋人アントニーの意に反することばかりしてみせ、侍女から「逆らわない方がいい」と言われると、「そんなことをしたら飽きられてしまう」（第一幕第三場）と返す。

5

この私、あなたの魂よりも大切なものとして、
あなたと分かちがたく一体となっているはず。
ああ、私からあなた自身を引き裂かないで。
だって、いい、あなた？　波の逆巻く海に
水を一滴落として、その一滴をもとどおり
増えも減りもせずに取り出すなんてことが
できないように、私からあなただけ引き離し、
私と分けるなんて絶対できないもの。

――『まちがいの喜劇』第二幕第二場

That, undividable, incorporate,
Am better than thy dear self's better part.
Ah, do not tear away thyself from me!
For know, my love, as easy mayest thou fall
A drop of water in the breaking gulf,
And take unmingled thence that drop again
Without addition or diminishing,
As take from me thyself and not me too.

The Comedy of Errors, Act 2 Scene 2

Ⅷ

恋愛に悩んだら

アンティフォラスの妻エイドリアーナは、夫が他に女をつくっているのではないかと疑って、一旦結ばれた夫婦は一つになった以上、結婚前の二人の状態にもどることはできないのだと訴える。真剣な結婚談義だ――特にカトリックにおいては離婚が認められないために重要な意味がある――が、滑稽なのは、こう訴えかけている相手のアンティフォラスが、夫の瓜二つの双子の弟であることだ。

妻は夫に双子の弟がいることすら知らないので、相手が夫であると信じ切っている。訴えられた方は、知らない女性に夫扱いをされて面食らうばかり。あなたのことは知らないと告げるが、妻の方は夫がふざけていると思い込んで、無理やり家へ連れ帰る。

シェイクスピアにおいて、夫婦や家族は、海のように大勢の人がいるなかで、そこだけ強い絆で結ばれた特別な関係なのだという発想がある。それゆえに双子の片割れであるアンティフォラス弟が行方知れずの兄を探そうというときにも「私は広い世界のなかで、大海の一滴だ。海のなかでもう一滴を見つけようとするが、仲間を探そうとして海に落ちると見えなくなり、知りたいともがくうちに自分が消えてしまう」(第一幕第二場)と言う。

夫婦や家族は、大海の一滴に等しい、強い絆で結ばれているのだ。

6

まことの愛の道は、決して平坦ではない。

――『夏の夜の夢』第一幕第一場

The course of true love never did run smooth.

A Midsummer Night's Dream, Act 1 Scene 1

Ⅷ

恋愛に悩んだら

青年ライサンダーが愛するハーミアに語る台詞。ハーミアは父親から別の男との結婚を命じられ、自分の結婚相手を自分で選べないなんてひどいと不満をもらすと、ライサンダーはこう言って慰める。恋は「音のように一瞬で、影のようにすばやく、夢のように儚《はかな》く、暗い夜の稲妻のように短い」と彼が言うと、ハーミアはこう応える。

真の恋路にいつも邪魔が入るなら、
それが宿命というものなんだわ。
それなら、私たちの試練に忍耐を教えましょう。
だって、恋には妨げがつきもの。
想いや、夢や、溜め息や、願いや、涙が、
哀れな恋のお供であるように。

『ロミオとジュリエット』第二幕第二場でも、恋は「まるで、『光った』と言う間もなく、消えてしまう稲妻」に譬《たと》えられている。恋も人生も儚い。

そして、妨げがあればあるほど、燃えるものだ。

何かつらいことがあったら、「まことの○○の道は、決して平坦ではない」と言って自分を慰めよう。

7

あなたを可哀想だと思います。
それは恋の第一歩ね。

——『十二夜』第三幕第一場

I pity you.
That's a degree to love.
Twelfth Night, Act 3 Scene 1

Ⅷ

恋愛に悩んだら

男装してシザーリオと名乗る麗人ヴァイオラを男とまちがえて惚れてしまったオリヴィア姫は、自分の愛を何とか訴えようと必死になる。

「私のことをどう思って?」と尋ねると、ヴァイオラは(女である以上、その愛に応えられないので)「可哀想だと思う」と答える。すると、「哀れみは恋の第一段階だ」とオリヴィア姫は応える。

夏目漱石作『三四郎』のなかで、三四郎の同級生の与次郎がPity is akin to love.を「可哀想だたあ、惚れたってことよ」と訳して、廣田先生に「いかん、いかん、下劣の極だ」と酷評される。Pity is akin to love.という表現は、トマス・サザーンの戯曲『オルーノーコ』(一六九六)に出てくるものだが、そもそもはシェイクスピアのこの台詞のアレンジだ。

漱石によれば、I love you.の日本語訳は「月がきれいですね」となるという。そんな漱石に言わせれば、オリヴィア姫の「忍ぶれど、忍びきれない恋心。隠しても、あらわになるわ、たちどころ。シザーリオ、春の薔薇にかけて、処女の操、誠そのほかすべてにかけて、あなたを愛しています」などという告白の言葉は、あからさますぎて、ムードも何もないということになるのだろう。

8

恋する者は、狂った者同様、頭が煮えたぎり、
冷静な理性には理解しがたい
ありもしないものを想像する。
狂人、恋人、そして詩人は、
皆、想像力の塊だ。

――『夏の夜の夢』第五幕第一場

Lovers and madmen have such seething brains,
Such shaping fantasies, that apprehend
More than cool reason ever comprehends.
The lunatic, the lover, and the poet
Are of imagination all compact.

A Midsummer Night's Dream, Act 5 Scene 1

テーセウス公爵の台詞だが、シェイクスピアの考えと言ってよい。

このあと、恋する者は、悪魔が見えてきてしまう狂人と同じぐらい狂っていて、美しくもない女を美しいと思ってしまうと続く。さらに詩人は恍惚たる霊感を得て、強い想像力が思いついたものに筆で形を与えていくのだと語られる。

想像力によって世界を作りだすという点で、詩人——劇作家も含む——は、ありもしない世界を見る狂人や恋人と同じであり、生きていくうえで最も重要なのは、物に意味や価値を与える想像力（イメージする力）だというわけである。

何かを認識するとき、心にその心像（ファンタズマ）を形成して認識する（85、213ページ）のである以上、恋人たちがアテネの森のなかで〝経験した〟不思議な出来事は、テーセウスのように「本当とは思えない」と否定するわけにはいかず、ヒポリュテが語るように「単なる夢幻とは思われず、しっかり筋の通った現実である」と認めざるを得ない。

妙にリアルな夢を見て、本当に経験したかのように感じられるとき、夢だったのか現実だったのかわからなくなることがある。演劇体験もまさにそれと同じで、虚構であるにもかかわらず、心を動かされると、それは〝経験〟となるのだ。

9

恋は盲目。恋する者には、
自分でやっている馬鹿げた
振る舞いが見えないんだわ。

──『ヴェニスの商人』第二幕第五場

Love is blind and lovers cannot see
The pretty follies that themselves commit.

The Merchant of Venice, Act 2 Scene 5

Ⅷ

恋愛に悩んだら

シャイロックの娘ジェシカが、恋人ロレンゾーと駆け落ちするため、男装をして父親の家から抜け出すときに言う台詞。シェイクスピアより以前にチョーサーが『カンタベリー物語』のなかで「恋は盲目」と記しているが、人口に膾炙《かいしゃ》したのはシェイクスピアによるもの。『ヴェローナの二紳士』第二幕第一場や『ヘンリー五世』第五幕第二場にも出てくる。

ここで言う「恋」は、第一義的には、愛の天使キューピッド（クピド）を指す。愛の女神アフロディーテの息子であるキューピッドは、目隠ししたまま恋の矢を放ついたずら者だ。その矢で胸を射抜かれると、恋をしてしまうというのが伝説。キューピッドは目が見えないというところから転じて、恋する者は目が見えない（判断力がない）という発想になっている。

『夏の夜の夢』第一幕第一場では、ヘレナが、「恋は目で見ず、心で見るんだわ。だから、キューピッドは目隠しして描かれるんだわ」と言う。

恋は、人間ができる最高にすてきな愚行だ。失敗のないように利口に生きようとすると、恋という愚行に一歩を踏み出せない。人生は一度きりなのだから、まじめにおもしろくもない人生を生きないように、恋をしよう。

10

この世に生まれる子供の数を減らしてはならん。独身を貫いて死ぬと言ったのは、まさか結婚するまで生きているとは思わなかったからだ。

――『から騒ぎ』第二幕第三場

The world must be peopled. When I said I would die a bachelor, I did not think I should live till I were married.

Much Ado about Nothing, Act 2 Scene 3

Ⅷ

恋愛に悩んだら

独身主義者だったベネディックは、友だちの仕掛けた罠にかかって、ビアトリスを愛するようになり、結婚を決意してこう言う。

「急いで結婚、ゆっくり後悔」などと言われていた時代ゆえ、ベネディックは、「女房に裏切られて、知らぬは亭主ばかりなりなんて馬鹿にされるのはごめんですね。一人の女性を疑って女性全体を不当に扱いたくない。だから、女なんて一人も信じない方が身のためです。要するに――結婚しない方が結構。この身のためだし、身だしなみに金もかけられる。俺は生涯、独身を貫きます」と言っていた。にもかかわらず、自分がビアトリスに惚れられていると思い込むと、ついに結婚を決意する。

ビアトリスの方も、「求婚と結婚と後悔は、スコットランドのジグ踊り、堂々とした踊り、それからガイヤルド踊りよ。求婚は情熱的でばたばたして、スコットランドのジグ踊りそっくり。足が地についてないの。結婚は、堂々として、しきたりに則った立派な踊り。お次に後悔やってきて、足を痛めてガイヤルド踊り。『こんなはずでは』と、あたふたするうち、墓穴を掘ったと気づいたときは果敢無《はかな》くなって墓のなか」と言って、結婚すれば後悔するようなことを言っていたのに、結婚する。

結婚なんかしないと言っていた人が、やっぱり結婚するというときに使える台詞だ。

11

恋とは何？――それは今しかない。
今の喜びに今の笑いあり。
将来のことはわからない。

――『十二夜』第二幕第三場

What is love? 'Tis not hereafter.
Present mirth has present laughter.
What's to come is still unsure.

Twelfth Night, Act 2 Scene 3

酒好きの騎士サー・トービー・ベルチは、おつむの弱い騎士サー・アンドルー・エイギュチークを相手に夜は酒盛りをして楽しみ、道化フェステに恋の歌を歌わせる。歌は「ぐずぐずしちゃだめよ。キスしてよ、乙女よ。若さ、儚《はかな》し」と続く。

「命短し、恋せよ乙女」という表現は昔からあったのだ。人は「今を楽しむ」しかないのだということは、大昔から言われてきたことであり、ラテン語でも「カルペ・ディエム（その日をつかめ）」という格言があった。

人生は長いのだから急ぐ必要はないなどと考えていると、あっという間に「今」は「昔」になる。恋をするなら「今でしょ」というわけだ。

ロミオに言わせると、恋とは「そもそも無から生まれた有だ！　くだらぬことで憂いに沈み、戯れ事に真剣になる。恋と呼べば聞こえはいいが、その内実はどろどろだ！まるで鉛の羽根、輝く煙、冷たい炎、病んだ健康、覚醒した眠り、休まらぬ休息といったところだ！」と、オクシモロンになる（↓187ページ）。

オーシーノ公爵は第二幕第四場で、自分に小姓として仕える男装のヴァイオラに「女はいわば薔薇の花、美しいが儚い命。散り始めるのだ、咲いたのち」と言う。ただ、現在は、薬やら化粧品やらのおかげで、なかなか散り始めない時代となったけれど。

12

君を夏の日に譬《たと》えようか。
君はもっとすてきで、もっと穏やかだ。

——ソネット十八番

Shall I compare thee to a summer's day?
Thou art more lovely and more temperate.

Sonnet 18

Ⅷ

恋愛に悩んだら

シェイクスピアは仮に劇を一本も書かなかったとしても、詩人として英文学史に名を残したと言われる。その最大の詩集が、一五四篇のソネットを収めた『ソネット集』（一五〇九年出版）だ。なかでも最も有名なのが、このソネット十八番である。

ソネットは十四行詩とも呼ばれる。残りの十二行は、こう続く。

「五月の可憐な蕾《つぼみ》は強風に揺れ、／夏の命はあまりに短い。

天の烈日は、時に熱すぎ、／その黄金の顔《かんばせ》も、時に翳《かげ》る。

美しきものは、皆、偶然に、／あるいは自然の流れに沿って、廃《すた》れゆく。

だが、君の永遠の夏は色あせない。／君の美しさが消えることはない。

死神にも君を自分のものとは言わせない。

永遠の詩のなかで君は時と結びつくのだから。

人が息をし、目がものを見る限り、／この詩は生き、君に命を与え続ける」

詩人のペンが愛する人の美しさを詩に刻むことで永遠のものとするという発想だ。

驚くべきは、ここで「君」と歌われているのは男性だということである。

シェイクスピアが書いたこのとてもすてきな愛の詩句が、男性に捧げられたとは！

そう、まさに外見だけでは何も判断できない。索引で「外見」をご覧いただきたい。

再建されたシェイクスピアのグローブ座内（著者撮影）

シェイクスピア
全作品 あらすじ

推定執筆年代順

『ヘンリー六世』第1部
Henry VI, Part I

推定執筆年＝一五八九〜九二年

一四二二年に名君ヘンリー五世が没すると、まだ幼いがゆえに十分な治世が行えない王ヘンリー六世のまわりで叔父たちの対立が深まった。王の叔父で摂政を務めるグロスター公は、王の大叔父ウィンチェスター司教（のちに枢機卿）ヘンリー・ボーフォートと争い、貴族間の対立が激化し、イングランドはフランスへの支配力も失っていく。百年戦争中の一四二八年、十六歳の少女ジャンヌ・ダルクが立ち上がり、フランス皇太子シャルル（のちにシャルル七世）を支え、フランス軍はイングランド軍を撃破していった。

一方、ロンドンのテンプル法学院の庭園では、リチャード・プランタジネット（ヨーク公）が、自分を支持する者は白薔薇を手折れと要求。ランカスター家（現国王の家系）を支持するサマセット公らは赤薔薇を選び、激しく対立。ヨーク公とサマセット公の反目の煽りを受けて、将軍トールボットはボルドーで孤立無援となり、討ち死にする。フランス摂政となったヨーク公はフランス軍を撃退し、ジャンヌ・ダルクを火刑に処して勢力を伸ばす。だが、赤薔薇派のサフォーク伯ウィリアム・ド・ラ・ポールは、王をアンジュ公レニエの娘マーガレットと婚約させ（一四四四年）、秘かに王国の支配を狙っていた。

『ヘンリー六世』第二部　*Henry VI, Part 2*

推定執筆年＝一五九〇～一年

一四四五年にマーガレットがフランスから連れられてきて、ヘンリー六世の王妃に迎えられる。この結婚に尽力したサフォーク伯は、公爵に叙せられ、高慢な王妃や枢機卿ボーフォートらと陰謀を企み、王の叔父である摂政グロスター公ハンフリーの妻エレノアを謀叛人として捕らえ、善良な摂政も暗殺する。悲しんだ王はサフォーク公を追放し、サフォークと妃は嘆きながら別れる。枢機卿は病に苦しんで悶死し、サフォーク公も非業の死を遂げる。

一方、ヨーク公リチャード・プランタジネット（エドワード三世の三男の玄孫《やしゃご》）は、四男の孫である現国王ヘンリー六世より王位継承の優位にあることを主張する。ヨーク公は、軍を与えられて、叛乱鎮圧のためにアイルランドに派遣されることになり、チャンス到来と考える。ヨーク公は、ジャック・ケイドに暴動を起こさせ、その隙に逆賊サマセット公の成敗を名目にアイルランドから挙兵し、ここに薔薇戦争（一四五五～八五年）が始まる。ソールズベリー伯やウォリック伯もヨーク公の味方につき、ヨーク公側が優勢に。ケイドの乱はバッキンガム公に鎮圧されるが、一四五五年の聖オールバンズの戦い（薔薇戦争の最初の戦い）でサマセット公は殺され、王と王妃はロンドンへ逃亡し、ヨーク軍は王を追ってロンドンへ進撃する。

『ヘンリー六世』第三部　*Henry VI, Part 3*

推定執筆年＝一五九〇～一年

窮地に落ちたヘンリー六世は、自分の死後は王位を譲るとヨーク公に約束したため、息子を廃嫡するのかと王妃マーガレットに激怒される。憤った王妃は自ら挙兵し、ウェイクフィールドの戦い（一四六〇年）に勝利して、ヨーク公の息子ラットランド伯を殺し、ヨーク公に紙の王冠を被せてさんざん愚弄して殺す。

しかし、形勢が変わり、一四七一年にヨーク公の長男エドワードがエドワード四世として王位に就く。キング・メーカーの異名をとるウォリック伯は、エドワードとフランス王ルイの妹の縁談を進めていたが、エドワードは勝手にグレイ夫人エリザベスと結婚してしまう。面目をつぶされたウォリック伯は、サマセット公やエドワードの弟クラレンスとともにランカスター側に寝返り、囚われのヘンリー王を救出し、再びヘンリー六世を王座につける。

だが、その後の戦いの末、ヘンリー六世は捕まり、クラレンスは兄のもとに戻り、ウォリックは落命する。やがて、マーガレットらも捕らえられ、その息子も惨殺される。ロンドン塔に幽閉されていたヘンリーの息の根をとめたのは、エドワードの弟グロスター公リチャード（のちのリチャード三世）だった。

『エドワード三世』

Edward III

推定執筆年＝一五八九〜九五年

エドワード三世（在位一三二七〜七七年）とは、ガーター勲章を創設した騎士道精神にあふれる王。その王があろうことかソールズベリー伯爵夫人に邪《よこしま》な恋をする第二幕には、シェイクスピアらしい筆致がある。シェイクスピアが他の劇作家と共同執筆したとされる作品。王は伯爵夫人の父ウォリック伯にまで命じて夫人に服従を強いようとするが、夫人の毅然たる態度にようやく分別を取り戻して謝罪する。

舞台は、薔薇戦争によって国が分裂する前の強いイングランドを象徴するエドワード三世が、フランスでの王位継承権を主張して、国を挙げてフランスと戦う百年戦争時代。ブラック・プリンス（黒太子）の異名を持つ王子ネッドこと長男のエドワード・プランタジネットは、初陣で単独敵地へ乗り込んで大活躍し、クレシーの戦い（一三四六年）やポワティエの戦い（一三五六年）に勝利する。一方、フランスのシャルル王子の親友である貴族ヴィリエが敵のソールズベリー伯と交わした騎士道的約束を、シャルル王子が守って、囚われたソールズベリー伯を無事にカレーまで通してやるといった美談もある。最後にスコットランド王もフランスのシャルル王子も捕らえられて、イングランドの勝利で大団円となるという国威発揚の劇。

『リチャード三世』

Richard III

推定執筆年＝一五九二〜三年

ヨーク家とランカスター家の王権争いはようやく収まり、ヨーク家のエドワード四世が治める天下泰平の世となった。王の弟グロスター公リチャードは、そんな平和の時代に、悪党宣言をし、次々に悪事を働いていく。まず兄クラレンス公ジョージにあらぬ嫌疑をかけてロンドン塔送りにし、ヘンリー六世の息子エドワードの寡婦アンを口説いて妻とする。兄王が病死すると、妃の弟リヴァーズ伯と連れ子のグレイ卿をポンフレット城で処刑し、幼いエドワード五世とその弟のヨーク公をロンドン塔に幽閉。さらに味方だったヘイスティングズ卿を、リチャードを暗殺しようとしたというでっちあげの容疑で逮捕し、即座に処刑。そのうえでバッキンガム公やケイツビー卿と謀って、ロンドン市長や市民の前で大芝居を打って、ついに王位に就く。さらにエドワード五世とその幼い弟を暗殺し、自分の妻アンも殺し、今度は兄王の幼い娘エリザベスを第二の妻に求める。やがて、リッチモンド伯ヘンリー（後のヘンリー七世）が、翻意したバッキンガム公を味方にして、リチャードを攻め、ボズワースの戦いにてついにこれを倒す。ヘンリー七世がヨーク家のエドワード四世の娘エリザベスと結婚することで、ランカスター家とヨーク家が結ばれて薔薇戦争が終結。こうしてテューダー王朝が始まる。

『国盗人』(『リチャード三世』翻案)
世田谷パブリックシアター
野村萬斎　演出・出演　河合祥一郎　作
2007年初演、2009年再演
青木　司 / 撮影

『サー・トマス・モア』

Sir Thomas More

推定執筆年＝一五九二～三年

ヘンリー八世によって大法官に任じられることになるサー・トマス・モア（一四七八～一五三五）は、ユーモアと英知にあふれた仁徳者であり、『ユートピア』などの著作でも知られた人文主義者だった。

冒頭、外国人を優遇する法律のために不当な目に遭っているロンドン市民が暴動を起こすが、モアの説得により騒ぎはおさまる。また、庶民を裁く裁判では機知をきかせて慈悲を施す。モアは大法官に昇進するが、王の命令書への署名を求められて拒絶したため、逮捕され、ロンドン塔へ送られてしまう。劇中では命令書の内容は明らかにされないが、国王ヘンリー八世が、離婚を許さぬローマ教皇から離れて英国国教会をイングランドの宗教と規定しようとしたのに対し、敬虔なカトリック教徒であり、正義に身を捧げる忠臣であったモアは、国王の判断を最後まで認めなかったのだ。王がアン・ブーリンとのあいだに儲けた子（のちのエリザベス一世）を正統と認めなかったモアは、ローマ教皇の主権を否認して英国国王を国教主権者とする一五三四年の「首長令」に反した咎《とが》でロンドン塔に幽閉され、家族と別れを告げて、処刑台の露と消え、芝居は終わる。

『タイタス・アンドロニカス』 *Titus Andronicus*

推定執筆年＝一五九二〜四年

舞台は古代ローマ。ゴート族を成敗して凱旋した将軍タイタス・アンドロニカスは、捕虜とした女王タモーラの嘆願を無視して女王の息子アラーバスを生贄《いけにえ》とする。

新たにローマ皇帝の座に就いたサターナイナスは、タイタスの娘ラヴィニアを妃に迎えようとするが、娘は新皇帝の弟バシエーナスの許嫁であり、タイタスの息子たちもこの縁組に反対したため、逆上したタイタスは自分の末子ミューシャスを斬り捨ててしまう。これを契機に新皇帝はタイタスと敵対し、タモーラを妃にすると告げる。

これよりタモーラの復讐が始まる。タモーラの息子二人は、ラヴィニアを強姦、両手を切断、舌を抜き、見るも無残な姿にし、その夫バシエーナスも殺害。タイタスは、息子を殺され、己の手を切断し、ついに復讐を誓う。最後にコック姿で現われたタイタスは、タモーラの息子たちの血と骨でこねたパイを皇帝とタモーラに食べさせた上で、タモーラを殺す。タイタスも皇帝も死に、タイタスの長男ルーシャスが新皇帝となる。

最後にすべての悪の仕掛け人である悪党アーロンがタモーラに産ませた肌の黒い赤ん坊の命は、助けられることになる。

『ヴェローナの二紳士』 *The Two Gentlemen of Verona*

推定執筆年＝一五九〇年頃

ヴェローナの紳士ヴァレンタインの親友プローテュース（変幻自在な姿を持つ海神プローテウスから「変わりやすい者」の意味）は、ジューリアという恋人がいながら、親友ヴァレンタインの恋人シルヴィアに横恋慕し、親友の駆け落ちの計画をシルヴィアの父ミラノ大公に告げ口する。このためヴァレンタインは大公に追放される。シルヴィアは追放された恋人のあとを追い、プローテュースもそのあとを追う。ジューリアは、小姓に男装してセバスチャンと名乗り、プローテュースについていくが、彼の心変わりを知って驚く。

追放されたヴァレンタインは、山賊の頭領となる。シルヴィアは森で山賊に襲われそうになり、危ういところをプローテュースに救われる。ところが、今度は彼に乱暴されそうになり、飛び出してきたヴァレンタインに阻止される。プローテュースが謝罪すると、ヴァレンタインはそれを受け入れ、親友である証《あかし》にシルヴィアを譲ろうと言うので、それを聞いていた小姓（実はジューリア）が失神する。小姓の正体を知ったプローテュースは、ジューリアへの愛を取りもどす。最後に、公爵が娘の許婚者としていた裕福で愚かな若者シューリオが求婚を取り下げ、公爵は娘シルヴィアとヴァレンタインの結婚を認めて、大団円となる。

『じゃじゃ馬馴らし』 *The Taming of the Shrew*

推定執筆年＝一五九〇〜四年

序幕では、冗談好きな領主が、酔って眠り込んだ鋳掛屋スライを城に運ばせ、殿様扱いをする。《殿様》にご覧いただく芝居が『じゃじゃ馬馴らし』という設定。

イタリアのパデュアの富豪バプティスタの美しい娘ビアンカには多くの求婚者がいるが、父親は、長女キャタリーナ（愛称ケイト）が片付くのが先と言う。だが、長女は悪名高いじゃじゃ馬だった。そこへヴェローナの紳士ペトルーキオが登場し、財産目当てにキャタリーナの返事もきかぬまま結婚を決め、結婚式の日取りまで決めてしまう。当日、奇妙な格好で現われた新郎は、新婦を誘拐するかのように連れ去り、召使いに怒鳴り散らし、新婦に食物も睡眠も与えず、〝じゃじゃ馬馴らし作戦〟を始めるのだった。

一方、青年ルーセンショーは召使いトラーニオと立場を入れ替えてビアンカに近づき、その愛を勝ち得、教会で密かに式を挙げる。ビアンカに求婚していたホーテンシオはあきらめて寡婦と結婚。最後に三組の夫婦が宴会を催し、誰の妻が一番従順かで賭けをする。キャタリーナだけが夫の呼び出しに従順に応じ、夫の命令に従ってビアンカと寡婦に妻の義務とは何かを説いて聞かせるので、一同は仰天する。

#『まちがいの喜劇』

The Comedy of Errors

推定執筆年＝一五九二～四年

シラクーザ（シラキューズ）からやって来た若者アンティフォラスは、幼いときに母と双子の兄と生き別れとなっていた。その二人を探す旅に出たアンティフォラスは、従者ドローミオとともに敵国エフェサスにやってくる。そこには、瓜二つの双子の片割れ、すなわち、もう一人のアンティフォラスが立派な紳士として暮らしており、彼にもやはり従者ドローミオがいた。アンティフォラスの妻エイドリアーナは夫が浮気をしているのではないかと嫉妬に狂っていたが、双子の弟を夫とまちがえて家へ入れ、彼の異様な振る舞いから疑念を濃くする。しかも、弟のアンティフォラスは妻の妹のルシアーナに惚れてしまい、それを知った妻は激怒する。

金細工師アンジェロは首飾りをアンティフォラスに渡したのに、渡されていないと（もう一人の）アンティフォラスに言われ、アンティフォラスを逮捕しようとする。他の町の人たちも誤解を重ね、主人と従者も互いを取り違えて大混乱となり、騒ぎが極限に達しようとするとき、二組の双子がついに対面し、誤解が解ける。そのうえ、ひどい目に遭ったエフェサスのアンティフォラスとその従者を保護した尼僧院主こそ、探し求めていた母エミーリアであることが判明し、死刑になるところだった父イジーオンも釈放され、一族再会の大団円となる。

『まちがいの喜劇』のドローミオ兄弟
（梶原航＝左、寺内淳志＝右）
Kawai Project vol.2, 河合祥一郎　演出・新訳（2016）より
中山留理子 / 撮影

『恋の骨折り損』

Love's Labour's Lost

推定執筆年＝一五九四〜五年

ナヴァラ（英語発音ナヴァール）国の若い王ファーディナンドは、三人の貴族ビルーン、ロンガヴィル、デュメーンとともに、学問のために三年間女人禁制の誓いをたてる。ところが、フランス王女とその三人の侍女がやってきたとたん、四人とも恋に落ちてしまう。デュメーンがキャサリンへの恋文を読むのを隠れて聞いていたロンガヴィルはマライアに恋しており、その恋文を隠れて聞く王も王女へ恋文を書いており、すべてを盗み見したビローンが仲間を嘲ると、田舎者のコスタードがやってきて、ビローンがロザラインに宛てた恋文を暴露する。

四人は誓いを破棄して、女性たちに求愛しに行くことにし、ロシア人に変装して近づこうとするが、この趣向を知っていたフランスの貴族ボイエットが王女らに告げ口して、裏をかかれる。ビローンとロザラインとの機知に富んだ恋愛ゲームも見どころの一つ。牧師ナサニエルや教師ホロファニーズらが考案した劇を一同が楽しむところへフランス王の訃報が入り、喪に服すため求愛はお預けになる。結婚するのは、田舎娘ジャケネッタを妊娠させた大言壮語の滑稽な騎士アーマードーだけ。最後に、フクロウ（冬）とカッコー（夏）による人生の歌がしみじみと歌われて終わる。

『ロミオとジュリエット』 *Romeo and Juliet*

推定執筆年＝一五九四〜六年

ヴェローナの敵対し合う二つの名家、モンタギュー家とキャピュレット家には、それぞれ一人息子のロミオと、一人娘のジュリエットがいた。ある日曜の夜、敵方のキャピュレット家の夜会に忍び込んだロミオは、当家の一人娘ジュリエットと恋に落ちる。ロミオはバルコニーに佇《たたず》むジュリエットと愛を語らい、結婚を約束する。月曜、ロレンス神父は、両家の仲違いが解消されることを期待して、二人を密かに結婚させる。ところが、キャピュレット家の青年ティボルトがロミオの親友マキューシオを殺《あや》め、度を失ったロミオは、ティボルトを刺し殺し、追放を命じられてしまう。悲嘆に暮れながらも、その夜ロミオはジュリエットと夫婦として契りを結び、翌日（火曜）の朝早く、独りマントヴァへ去る。

一方、ジュリエットは父からパリス伯爵との結婚を命じられて絶望し、神父から貰った四十二時間仮死状態になる薬をその夜呑んで結婚を避けようとする。水曜の早朝、ジュリエットの「遺体」が発見され、納骨堂へ運ばれる。ロミオは、神父からの手紙を受け取ることなく、木曜の夜ジュリエットが眠る納骨堂に駆けつけ、毒をあおって自害してしまう。目覚めたジュリエットは、彼の剣で後追い自殺をする。金曜の朝が来て、両家は和解する。

『リチャード二世』

Richard II

推定執筆年＝一五九五年

エドワード三世の孫で、黒太子エドワードの嫡男であるリチャード二世（在位一三七七～九九年）には政治能力がなく、国の財政は破綻した。

エドワード三世の四男ランカスター公の子であるヘンリー・ボリングブルックは、ノーフォーク公トマス・モウブレーを叔父グロスター公トマス暗殺に関与したとして告発。二人は決闘で決着をつけようとするが、王は突然決闘をやめさせ、二人に追放を命じる。そして、王の叔父のランカスター公ジョン・オヴ・ゴーントが死ぬと、そのランカスター領を没収してアイルランド遠征の費用に充てたため、追放中だったボリングブルックが奪われた領地を奪回すべく兵を率いて帰国する。摂政だった叔父ヨーク公は、ボリングブルックを非難するが、国王に不満を抱くウスター伯トマス・パーシーやその兄ノーサンバランド伯、その息子ヘンリー・パーシーらが中心となって、ボリングブルックを迎え入れ、反対勢力は強力となる。リチャードは圧倒的な反対勢力に押されて王座を譲らざるを得なくなる。ボリングブルックは、ヘンリー四世として即位し、リチャードは、妻イザベルと生き別れて幽閉されたのち、ポンフレット城の牢獄で暗殺されてしまう。

『ジョン王』 King John

推定執筆年＝一五九〇または一五九五年

獅子心王リチャード一世亡き後、その弟ジョンがイングランド王（別名、欠地王、在位一一九九～一二一六年）となる。ところが、王位に就くべきはジョンの兄ジェフリーの息子アーサーであると主張して、アーサーの母コンスタンスが、フランス王フィリップと手を組んで王位を求めて挙兵した。

ジョン王は獅子心王の私生児フィリップを従えて出陣。アンジェ市民の提案により、ジョン王の姪でスペイン王女のブランシェとフランス皇太子ルイの結婚による和睦が成るが、ローマ教皇の大使である枢機卿パンダルフはローマに反抗的なジョン王を破門し、和睦は解消される。再び戦争となって、ジョン王はアンジェを支配し、幼いアーサーを捕縛。王からアーサーを殺害するよう命じられたヒューバートは、殺すに忍びず、死んだと嘘の報告をするが、その直後、逃亡を試みたアーサーは城壁から飛び降りて死んでしまう。ヒューバートが殺したと思ったイングランド諸侯はジョン王から離れる。その後、私生児フィリップが大いにイングランド軍を鼓舞するものの、ジョン王は修道士に毒殺される。イングランドはフランスと和睦を結び、ジョン王の息子がヘンリー三世として即位する。

『夏の夜の夢』

A Midsummer Night's Dream

推定執筆年＝一五九五〜六年

乙女ハーミアは父イジーアスから青年ディミートリアスとの結婚を命じられるが、彼女が愛しているのはライサンダー。ディミートリアスには恋人ヘレナがいるのだ。アテネの森へ入り込んだ四人の恋人たちを元の鞘に収めようとしたのは、妖精の王オーベロンに命じられた妖精パック。恋の三色スミレの汁を寝ている者の目に垂らせば、目覚めて最初に目にした者に惚れてしまう。ところが、垂らす相手をまちがえたために、二人の男はハーミアを捨ててヘレナに求愛し、大騒動。森では滑稽な機織屋ボトムとその仲間がアテネ公爵テーセウスとアマゾン女王ヒポリュテの婚礼の余興に芝居「ピュラモスとティスベ」をご覧に入れようと稽古に励んでいたが、妖精パックはボトムをロバに変えてしまう。しかも、妖精の女王ティターニアと喧嘩の真っ最中だった妖精の王オーベロンは、ティターニアに魔法をかけて、ロバ頭のボトムに惚れさせる。

最後に四人の恋人にかかった魔法も、ティターニアにかかった魔法も解かれ、妖精の王と王妃は仲直りをする。アテネ公爵夫妻と恋人たちの結婚披露宴にてボトムらの余興が披露されたのち、妖精たちの祈りとともに芝居は終わる。

『ヴェニスの商人』 *The Merchant of Venice*

推定執筆年＝一五九六〜八年

ヴェニス（ヴェネチア）の商人アントーニオは、親友バサーニオがベルモントに住む富豪の娘ポーシャに求愛しに行く費用を出すために、ユダヤ人高利貸しシャイロックから三千ダカットの金を借り、期限までに返却できなければ肉一ポンドを体から切り取るという証文に判を捺《お》す。ポーシャは、亡き父の遺言により、金・銀・鉛の三つの箱から正しい箱を選んだ男と結婚することになっていた。モロッコ大公は金の箱から「光るもの必ずしも金ならず」の格言を得、アラゴン大公は銀の箱から「己にふさわしいもの」として阿呆の絵を得る。バサーニオは箱選びに成功してポーシャを勝ち得、友人グラシアーノは侍女ネリッサと結婚する。喜びも束の間、船を失って金を返せなかったアントーニオが訴えられた。娘ジェシカがキリスト教徒の青年ロレンゾーと駆け落ちしたこともあり、恨んだシャイロックは復讐のために証文通りの要求をする。ポーシャはネリッサとともに男装して、裁判官と書記として法廷に現われ、この一件を見事に裁いてみせる。勝訴したバサーニオとグラシアーノはお礼に、妻からもらった愛の指輪を、裁判官と書記に与えてしまう。ベルモントへもどってきたポーシャたちは、指輪のことで責めるが、実は裁判官と書記は私たちだったと明かす。アントーニオの船も戻り、大団円となる。

『ヘンリー四世』第1部　*Henry IV, Part I*

推定執筆年＝一五九六年

ノーサンバランド伯爵家は、王ヘンリー四世（在位一三九九〜一四一三年）が王位に就く際に尽力したにもかかわらず、王から冷遇されていると不満を抱く。なかでも熱い拍車（ホットスパー）の綽名《あだな》をもつ血気盛んな若きハリー・パーシー（ノーサンバランド伯の息子）は、対ウェールズ戦で捕虜となった義弟マーチ伯エドマンド・モーティマーの身代金を払うよう王に求めるが、王は拒否。エドワード三世の三男クラレンス公ライオネルの血を引くモーティマーは、王よりも優位の王位継承者だからだ。そこで、ホットスパーは、モーティマーとその義父であるウェールズの武将オーウェン・グレンダワーや、王に反感をもつヨーク大司教らとともに叛乱の兵を挙げる。

一方、愉快な巨漢騎士フォールスタッフやその仲間たちと付き合っていたハル王子は、ついに叛乱軍との開戦が伝えられると、武将として目覚しい活躍を見せ、最後はホットスパーと一騎打ちをしてこれを倒し、ホットスパーの栄誉を奪う。フォールスタッフは戦場で死んだ真似をしながら、戦勲をでっちあげる。勝利した王は、ウスター伯ら捕虜にした敵の首謀者の処刑を命じる。

『不破留寿之太夫』チラシ
（フォールスタッフを文楽で描いた作品）
鶴澤清治 監修・作曲　河合祥一郎 脚本
2014 年 9 月、国立劇場上演

『ヘンリー四世』第二部 *Henry IV, Part 2*

推定執筆年＝一五九七〜八年

相変わらずロンドンの居酒屋で自堕落な生活を送る騎士フォールスタッフは、居酒屋の女将クリックリーに訴えられ、高等法院長に叱られる。フォールスタッフは娼婦ドル・テアシートといちゃつき、ピストルと喧嘩をし、給仕人に変装したハル王子とポインズにからかわれるなど喜劇的場面が続くうち、事態の急が告げられ、一同は出陣することになる。フォールスタッフは、シャロー判事のもとで徴兵を行いながら兵役逃れの賄賂を集め、戦場では戦わずに、たまたま投降した敵の勲爵士を捕まえ、手柄をあげる。

ハル王子の弟である王子ランカスター公ジョンとウエスモーランド伯は、奸計《かんけい》を用いて、ヨーク大司教ら叛乱軍の条件を呑むとみせかけて叛乱軍の首謀者たちを逮捕、処刑することによって、長い確執にけりが付けられる。病気の王は重体となり、ハル王子は父が死んだと勘違いして王冠を自分の頭に戴き、目覚めた王に叱られる。やがて、王は他界し、王子は王ヘンリー五世として即位する。ついにイングランドの法律は自分の思うようになると思い込んで歓び勇んで即位式に駆けつけたフォールスタッフに対して、ヘンリー五世は冷たく「おまえなど知らぬ、老人よ」と言い放ち、追放を宣言する。

『ウィンザーの陽気な女房たち』 *The Merry Wives of Windsor*

推定執筆年＝一五九六～八年

酒好き女好きの太った騎士サー・ジョン・フォールスタッフは、フォード夫人とペイジ夫人に宛名だけ異なる文面の同じ恋文を書き、金を貢がせようとするが、仲の良い二人はその手紙を読み比べて憤激し、仕返しを考える。

妻が口説かれていると知って嫉妬したフォードは変装してブルックと名乗り、フォールスタッフにフォード夫人を口説いてほしいと頼む。不倫の現場をつかまえてやろうというのだ。陽気な女房たちは、フォードを騙したうえに、フォールスタッフを洗濯物と一緒に川に投げ込んだり、女装させてフォードにぶたせたりと、仕返しを楽しむ。一方、ペイジ夫妻の可愛い娘アンを慕う青年スレンダーの馬鹿ぶりや、訛《なまり》のひどいフランス人医師キーズとウェールズ人牧師エヴァンズの決闘騒ぎなど、副筋もにぎやかに展開する。

最後に町の人たちは夫人たちと共謀して、騎士を森に呼び出し、妖精に扮した子供たちにつねらせる。この最中に、ペイジ夫人は娘アンを医師キーズと結婚させようとし、ペイジは娘をスレンダーと結婚させようとしていたが、アンは恋人フェントンとこっそり式を挙げてしまう。一同が二人の幸せを祝福して、大団円となる。

『から騒ぎ』

Much Ado about Nothing

推定執筆年＝一五九八〜九年

アラゴン領主ドン・ペドロ率いる軍隊がシシリー島に凱旋し、メシーナ知事レオナートの娘ヒアローと武人クローディオの結婚が決まる。ヒアローの気丈な従姉ビアトリスは、陽気な武人ベネディックと会えば必ず毒舌合戦を繰り広げる仲。この二人を結婚させてしまおうと、一同は、噂話にことよせて「二人は互いに片思い」と本人たちに信じ込ませる。

一方、ドン・ペドロの腹違いの弟の悪党ドン・ジョンは、ヒアローが男を連れ込んでいる現場をでっちあげて兄たちに目撃させる。誤解したクローディオは結婚式の場で花嫁を面罵して立ち去る。ヒアローは失神し、修道士の機転で、死んだと公表される。怒ったベアトリスは、ベネディックに「クローディオを殺して」と頼み、彼はクローディオに決闘を申し入れる。しかし、馬鹿警官ドグベリーと村役人ヴァージズ率いる夜警たちが、ドン・ジョンの手下のボラキオとコンラッドを逮捕し、真相が発覚。後悔したクローディオは、ヒアローの墓に追悼の歌を捧げ、ヒアローの代わりにその従妹との結婚を承諾するが、結婚式で娘は仮面を取ってヒアローであることを明かす。ついでに、ベネディックとベアトリスも結婚して、大団円となる。

『から騒ぎ』のビアトリスとレオナート
荘田由紀（左）小田豊（右）
Kawai Project vol.1, 河合祥一郎　演出・新訳（2014）より
古矢優（LAKI STUDIO Inc.）／撮影

『ヘンリー五世』 *Henry V*

推定執筆年＝一五九九年

かつて放蕩を極めたハル王子は、即位してヘンリー五世（在位一四一三〜二二年）となると名君ぶりを発揮する。まずケンブリッジ伯を始めとする三人の貴族を謀叛の罪で処刑し、そのうえで、フランス王位に就く権利があると主張。フランス皇太子が、王が若い頃遊び好きだったことを揶揄《やゆ》してテニスボールを送りつけたために、ヘンリーはボールを砲弾に変えて送り返すと言い、叔父エクセター伯を使節として遣わしてフランス王シャルル六世に宣戦布告。そして、その言葉どおり、ハーフラーの戦いに勝利し、快進撃を続ける。その一方、軍紀を引き締め、フォールスタッフの訃報が伝えられるなか、昔の仲間のバードルフ中尉とニム伍長を窃盗の罪で絞首刑にする。旗手ピストルは、気骨のあるウェールズ人隊長フルーエリンに喧嘩で負けて韮《にら》を喰わされる。

王は「クリスピアンの演説」で全軍を鼓舞して、敵の五分の一の軍勢でアジンコート（アジャンクール）の戦いに勝利する（一四一五年）。やがてフランス軍は降伏し、フランス王はヘンリーが英仏両方の王であることを認め、ヘンリーはフランス王女キャサリンに求愛して王妃に迎え、英仏の和平が成り、大団円となる。

『ジュリアス・シーザー』

Julius Ceasar

推定執筆年＝一五九九年

ローマの将軍ジュリアス・シーザー（ユリウス・カエサル）は、ポンペイウスとの戦に勝利して凱旋し、ローマ市民の熱烈歓迎を受ける。シーザーが共和制を廃して皇帝になろうとしていると危ぶんだキャシアスやキャスカらは、シーザーが寵愛するブルータスも仲間に加えて暗殺計画を練る。

占い師が「三月十五日に気をつけろ」と訴えるが、シーザーは意に介さない。その日、妻カルパーニアの制止も振り切って広場に出たシーザーは、キャスカら数名の共和主義者に殺される。そのなかにブルータスもいたため、シーザーは「おまえもか、ブルータス?」と叫んで息絶える。シーザーの部下マーク・アントニーは、シーザーの遺体を前にして追悼演説を行い、市民たちを焚きつけ、暴動を起こさせる。アントニーは、オクテイヴィアス・シーザーやレピダスとともに三執政官となり、ローマを支配し、ブルータスたちと戦う。妻ポーシャを失ったブルータスは、フィリパイの戦い前夜にシーザーの亡霊を見、戦に負け、召し使いに持たせた剣に身を投げて死ぬ。

アントニーは、ブルータスこそ最も高潔なローマ人だったと追悼する。

『お気に召すまま』 *As You Like It*

推定執筆年＝一五九九年

故サー・ローランド・ド・ボイスの三男オーランドーは、宮廷で開催されたレスリング大会に腕試しにやってくる。公爵フレデリックの姪ロザリンドは彼を見て恋に落ち、彼も彼女に夢中になる。兄を追放して公爵の座についたフレデリックは、ロザリンドがいると娘シーリアが見劣りするという理由で彼女まで追放する。ロザリンドは男装してギャニミードと名乗り、シーリアと道化タッチストーンとともにアーデンの森へ行く。

兄オリヴァーの迫害から逃れるため、オーランドーは老僕アダムとともにアーデンの森へ行き、そこで貴族たちと生活する前公爵に助けられる。やがて彼は《ギャニミード》と出会い、《彼》をロザリンドに見たてた恋のゲームを始める。道化タッチストーンは田舎娘オードリーと結婚。やがて改心した兄オリヴァーが現われ、シーリアに惚れる。女羊飼いフィービーは《ギャニミード》に惚れてしまうが、《ギャニミード》との結婚をあきらめるならフィービーに夢中なシルヴィアスの愛を受け入れることを約束させられる。最後にロザリンドが女の恰好で登場し、四組の結婚式が行われる。公爵は、改心した弟から公爵領を返還されるが、憂鬱な貴族ジェイクィズは祝いの場を立ち去る。

『お気に召すまま』のロザリンド、道化タッチストーン、シーリア
左から太田緑ロランス、采澤靖起、山﨑薫
Kawai Project vol.5, 河合祥一郎　演出・新訳（2018）より
園田昭彦 / 撮影

『十二夜』 *Twelfth Night*

推定執筆年＝一五九九〜一六〇〇年

イリリア公爵オーシーノは、オリヴィア姫を恋しているが、服喪中の姫は求愛を断る。一方、海難で生き別れになった双子の兄妹のうち妹ヴァイオラは、男装して《シザーリオ》と名乗り、公爵に仕える。《シザーリオ》は、密かに公爵を慕いつつ、公爵のために姫を口説きに出かけ、逆に姫に惚れられてしまう。

オリヴィア姫の叔父サー・トービー・ベルチは、姫に恋する愚かな紳士サー・アンドルー・エイギュチークの金を使って道化フェステと一緒に騒ぎ、堅物で尊大な執事マルヴォーリオに叱られたため、執事に仕返ししようとする。侍女マライアが姫からの偽恋文を仕掛けると、執事はまんまと罠にはまって、姫の夫になれると妄想し、手紙に指示されたとおり黄色い靴下と十字の靴下留めをつけて登場し、ニヤニヤ笑いをして、オリヴィア姫に気持ち悪がられ、トービーらによって狂人として幽閉される。やがて、双子の兄セバスチャンが登場し、《シザーリオ》にまちがえられ、姫の愛を受け入れ、姫と結婚する。最後に双子が皆の前で出会うことですべての誤解が解け、公爵はヴァイオラと、トービーはマライアと結ばれる。マルヴォーリオは、騙されたことを知って、ほぞを噛む。

『ハムレット』 *Hamlet*

推定執筆年＝一六〇〇年

デンマークの王子ハムレットは、父ハムレット王が亡くなってすぐに叔父クローディアスが母ガートルードと結婚して王の座に就いたのを、許せぬ思いで悶々としていた。

ある日、父の亡霊が現れ、叔父に殺されたと告げる。復讐を誓った王子は狂気を装い、亡霊から教えられた王殺しの様子を芝居にして王に見せたところ、果たして王は度を失って立ち上がったため、王子は王の有罪を確信する。しかし、母の部屋に隠れていた王の腹心ポローニアスを王とまちがえて殺した王子は、イングランド送りとなってしまう。

一方、愛していた王子に「尼寺へ行け」と言われ、父ポローニアスを殺されたオフィーリアは、正気を失う。兄レアーティーズは激しく復讐を誓うが、オフィーリアは川で溺死。王の姦計《かんけい》を逃れて帰国した王子は、遺体となったオフィーリアを抱きしめ、死を受け入れる覚悟をする。最終場の御前試合で、王はレアーティーズと謀って王子に毒杯を飲ませようとする。毒杯は王妃が飲んでしまい、王子は毒塗りの剣に倒れる。自ら毒の剣に傷ついたレアーティーズが王の悪事を暴露し、王子はついに王を殺す。最後にノルウェー王子フォーティンブラスが登場し、王位を主張し、ハムレットを追悼する。

『トロイラスとクレシダ』

Troilus and Cressida

推定執筆年＝一六〇一～二年

トロイ王子パリスがギリシャ高官メネラオスの妻ヘレネを奪ったことから、トロイ戦争は起こった。トロイの木馬に潜伏したギリシャ軍の奇襲によって終止符が打たれることになるが、本作品は戦争七年目の出来事を描く。

パリスの弟であるトロイ王子トロイラスは、乙女クレシダの叔父パンダラスの紹介で、クレシダと変わらぬ愛を誓い合い、ともに一夜を過ごすが、ギリシャ方についている神官カルカスが娘クレシダを呼び寄せたため、クレシダはギリシャへ渡ることになる。クレシダはのちに「不実な女」の代名詞となるが、このときトロイラスへの変わらぬ愛を誓ったにもかかわらず、ギリシャに渡ったクレシダはギリシャの武将ディオメデスに色目を使う。一時休戦の際に敵陣に招かれたトロイラスは、その様子を目撃して激怒する。

一方、アキレウスは、可愛がっていたパトロクラスをトロイ軍に殺されて逆上し、英雄ヘクトルが武装を解いて休んでいるところを大勢で弄《なぶ》り殺しにする。口の悪いギリシャ軍兵士テルシテス（英語名サーサイティーズ）が口汚く罵り、古代叙事詩の英雄たちは矮小化《わいしょうか》され、人間の汚いところばかりがさらけ出されて、劇は終わる。

『終わりよければすべてよし』 *All's Well That Ends Well*

推定執筆年＝一六〇二〜五年

孤児ヘレナはロシリオン伯爵夫人を母と慕い、御曹子バートラム伯爵に密かな想いを寄せていたが、身分違いの恋とあきらめていた。ところが、医者の娘である彼女が王の難病を治したことから、その褒美として王の命令によってバートラム伯爵は彼女の夫となる。これを不服とした伯爵は、妻に触れもせず、「私の指輪を手に入れ、私の子供を産んだら、夫と呼べ」という手紙を残して戦場フィレンツェへ出征してしまう。ヘレナは巡礼の旅に出る。

途中フローレンスで、彼女は夫が貞淑な寡婦ダイアナに言い寄っていることを知り、ダイアナに頼んで、ダイアナに成り代わって暗闇のなか夫とベッドを共にしたうえに、指輪を交換することに成功する。

一方、伯爵の部下の軽薄なパローレスのペテン師ぶりが暴かれ、伯爵は己の軽薄さを知る。やがてフランスに帰国した伯爵は、王の指輪をはめていることをとがめられる。それは王がヘレナに与えたものだった。そこにダイアナが母親とともに登場し、伯爵を訴える。最後に、死んだはずのヘレナが姿を見せ、手紙の言い付けどおり、指輪も子供も手に入れたと言う。すっかり恥じ入った伯爵はヘレナを愛することを誓うのだった。

『尺には尺を』

Measure for Measure

推定執筆年＝一六〇三～四年

ウィーン公爵ヴィンセンシオは、留守のあいだ謹厳なアンジェロに統治の全権を委任し、修道士に身をやつしてその政治ぶりを見守る。アンジェロは、十四年間眠っていた法を復活させ、ジュリエットを結婚前に妊娠させたクローディオに姦淫罪で死刑を宣告する。クローディオの妹で修道女見習いのイザベラは兄の命乞いをするが、アンジェロはイザベラが体を差し出すなら、兄の命を救うと言う。死を恐れるクローディオは妹に命を救ってほしいと望む。

修道士に変装した公爵は、この事情を知り、アンジェロの元婚約者マリアーナを身代わりに立てて、彼と契《ちぎ》らせる。ところが、アンジェロは約束を違《たが》え、死刑執行を中止にしなかったため、公爵は病死した囚人の首を代わりに届けさせ、イザベラに対してもクローディオは死んだことにする。最後に、公爵は公の場に本来の姿で現われる。イザベラは、公爵が変装の修道士であったとは知らず、公爵にすべてを訴える。アンジェロはしらを切るが、公爵の変装を知ると観念する。アンジェロもマリアーナと婚前交渉をもった以上は死罪であると断じるが、マリアーナの必死の懇願を受け、クローディオが生きていることを明かして赦す。公爵自身がイザベラに求婚して劇は終わる。

『オセロー』 *Othello*

推定執筆年＝一六〇三～四年

ムーア人将軍オセローは、ヴェニスの元老院議員ブラバンショーの美しい娘デズデモーナと密かに結婚をする。その夜、議会に呼び出されたデズデモーナ本人が夫への愛を明言したため、父はしぶしぶ結婚を認める。オセロー将軍は、トルコ艦隊と戦うためにキプロス島総督に任命され、任地に赴く。

旗手イアーゴーは、将軍が自分をさしおいてキャシオーを副官に任命したことを恨み、酒に弱いキャシオーを酔っ払わせて失態を演じさせ、副官をクビにさせる。そして、デズデモーナにそのとりなしをさせる一方で、オセローに彼女とキャシオーの関係に気をつけるように囁《ささや》く。最初は、妻を信頼していたオセローだったが、イアーゴーの巧みな言葉に騙され、自信を失い、疑い始める。イアーゴーはデズデモーナに横恋慕する紳士ロダリーゴーを騙して、うまく利用する。やがてイアーゴーは、自分の妻エミーリアにデズデモーナのハンカチを盗ませ、キャシオーがそれを娼婦ビアンカに渡すところを将軍に目撃させる。決定的証拠をつかんだと思い込んだ将軍は衝撃を受け、ついに最愛の妻を殺してしまう。最後にイアーゴーの悪事が暴露され、オセローは自害する。

『リア王』

King Lear

推定執筆年＝一六〇五〜六年

ブリテンの老王リアは、三人の娘に王国を分割して引退しようとする。長女ゴネリルと次女リーガンは父への愛を大仰に言うが、最愛の末娘コーディーリアは「何も言うことはない」と言い、怒った王に勘当され、持参金なしでフランス王に嫁ぐ。その後、昔と変わらぬリアの振る舞いに、上の娘二人は辟易して父に冷たく当たり、父への敬意も愛情もないことを暴露する。絶望したリアは、道化を連れて荒野をさまよい、「風よ吹け、天よ裂けろ！」と怒号する。

副筋では、グロスター伯爵の非嫡出子エドマンドが家督を手に入れようと、長男エドガーを陥れる。エドガーは難を逃れるため裸の狂人トムに変装し、嵐の中で狂乱の王と出会う。王の味方のグロスター伯爵は、リーガン夫妻に両目をくりぬかれ、身をやつしたエドガーに手を引かれて荒野を進み、ドーヴァーで狂乱のリアと再会。やがてリアはコーディーリアに保護される。オールバニー公はグロスター伯に暴行を加えた際に家臣に負わされた傷がもとで死に、その妻であったゴネリルは、エドマンドを自分のものとすべく、リーガンを毒殺するものの、悪事が露見して自害。エドマンドは兄と決闘して倒され、最後に、獄中で殺されたコーディーリアを抱きかかえたリアが嘆きながら死に絶える。

リア王と、道化
ナイジェル・ホーソーン（左）、真田広之（右）
1999年、蜷川幸雄 演出『リア王』
（彩の国シェイクスピア・シリーズ、RSC共同製作）
谷古宇正彦 / 撮影
彩の国さいたま芸術劇場 / 写真提供

『マクベス』 *Macbeth*

推定執筆年＝一六〇六年

スコットランドの将軍マクベスとバンクォーは、荒野で魔女三人と出会い、マクベスは「やがて王になるお方」、バンクォーは「王を生み出すお方」と予言される。野望を抱いたマクベスは、妻と計画して王ダンカンを暗殺し、王の護衛二人に血をなすりつけ、翌朝事件が発見されると、犯人と決めつけて護衛たちを殺してしまう。身の危険を感じた王子マルカムとドナルベインは逃げ、マクベスは王位に就く。マクベスはバンクォーを暗殺させるものの、その息子フリーランスを取り逃がす。直後、宴会の席に血まみれのバンクォーの亡霊が現れ、マクベスはあわてふためく。不安に駆られたマクベスは、魔女たちから「女から生まれた者にマクベスは倒せぬ」、「バーナムの森がダンシネーンの丘に向かってくるまでは、マクベスは滅びぬ」という新たな予言を得て安心する。

一方、貴族マクダフは祖国を救うために、王子マルカムに決起を促し、兵の数を隠すためにバーナムの森から枝を切って兵士たちに掲げさせる。バーナムの森が動き出したのだ。マクベス夫人は発狂して死に、マクベスは生まれる前に母の腹を裂いて出てきたマクダフによって倒される。

『マクベス』

世田谷パブリックシアター
野村萬斎　演出・出演　河合祥一郎　訳
2010 年初演、東京、ソウル、ニューヨーク公演を経て、
2014 年にはルーマニア・シビウ国際演劇祭とパリにて上演を行い、
日本7都市で上演
日本から海外へ発信したシェイクスピア公演の好例
石川純 / 撮影

『アントニーとクレオパトラ』 *Antony and Cleopatra*

推定執筆年＝一六〇七年

『ジュリアス・シーザー』でローマの三頭政治を担ったマーク・アントニーは、ローマを離れ、エジプトの女王クレオパトラとの愛に耽溺し、ローマからの使者に会おうともしない。だが、正妻ファルヴィアが死に、ローマの将軍ポンペイウスが叛乱を起こしたため、ローマに帰国。その際、オクテイヴィアス・シーザーの姉オクテイヴィアと政略結婚するが、これをエジプトの地で知ったクレオパトラは激怒する。

その後、シーザーはポンペイウスを倒し、もう一人の執政官イーミリアス・レピダスを投獄。アントニーはクレオパトラとともにシーザー軍と戦う。海戦をしようというクレオパトラの提案に従ってアクティウムの海戦に臨むが、怖気づいたクレオパトラが突然船の向きを変えて逃げだすと、アントニーの船が船隊を捨ててそのあとを追ったため、惨憺たる敗北を喫する。忠実だった家臣イノバーバスさえ、アントニーを見限る。その後、クレオパトラがシーザーになびいたために、アントニーは激怒。恐れたクレオパトラが自らの訃報を流すと、アントニーは絶望して自害しようとする。恋人が息絶えるのを看取ったクレオパトラは、エジプト女王の正装をして毒蛇に自分の胸を噛ませて果てる。

『コリオレイナス』

Coriolanus

推定執筆年＝一六〇八年

若き貴族ケイアス・マーシャスは、ヴォルサイ人との戦においで都市コリオライの城内で一人戦い、ローマを勝利に導いたがゆえにコリオレイナスという称号を与えられる。執政官に推された彼は、謙虚の証である襤褸《ぼろ》服を着て広場で市民の賛同を得るという慣習に従って執政官となるものの、悪意ある護民官の扇動により、民衆の敵としてローマから追放されてしまう。

怒ったコリオレイナスは「世界は他にもある」と宣言して、自らローマを捨て、仇敵だったヴォルスキ族将軍タラス・オーフィディアスと手を結んで、ローマに攻め込む。あわてたローマ側は和解を申し出るが、彼は親しかった将軍コミニアスや友人メニーニアス・アグリッパの訴えも頑として聞き入れず、「ローマを焼き滅ぼす業火」になろうとする決意を変えない。

事態を収拾したのは、コリオレイナスの母ヴォラムニアと妻子だった。三人はローマを滅ぼさないでくれと嘆願する。母に跪《ひざまず》かれてついに心を動かされたコリオレイナスは、ローマと和平を結ぶが、コリオレイナスの存在を疎ましく感じていたオーフィディアスは、彼を裏切り者として惨殺してしまう。

『アテネのタイモン』

Timon of Athens

推定執筆年＝一六〇五〜八年

アテネの貴族タイモンは、気前よく多くの人々のために金を使い、忠実な執事フレイヴィアスの忠告をよそに浪費を続け、破産し、膨大な借金を抱え込むが、自分には友人という財産があると言い、友人に援助を求める。ところが、友人たちは態度を豹変させ、誰一人タイモンを助けようとしない。この忘恩にタイモンは激怒し、呪いの言葉を浴びせ、森の洞窟にこもる。悪態ばかりつく哲学者アペマンタスの言うとおり、友情など当てにならなかったのだ。森で金を見つけると、再び人が寄ってくるが、タイモンは金を与えて彼らを追い払う。

その頃、アテネの将軍アルキビアデス（英名アルシバイアディーズ）は、ある友人の死刑判決を覆してほしいと元老院に訴えていたが聞き入れられず、自分自身の戦功に免じて救ってほしいと訴えるが、逆に態度が傲慢だとしてアテネから追放される（プルタルコスの『対比列伝』においてコリオレイナスと対比された人物）。アルキビアデスは、忘恩のアテネに対して挙兵して復讐しようとし、それを応援するタイモンは彼に金を贈る。結局、アルキビアデスは平和裡にアテネを征服し、忘恩に対する自分とタイモンの恨みを晴らす。最後にタイモンの訃報が届き、将軍はその死を悼む。

『ペリクリーズ』

Pericles

推定執筆年＝一六〇七〜八年

ティルス（英語発音タイア）の領主ペリクリーズは、アンタキア王アイタイオカスの王女に求婚するが、王と王女が近親相姦の関係にあるという秘密を知って命を狙われ、老臣ヘリケイナスに祖国を任せて冒険に出る。

ペリクリーズは、飢饉のタルススへ穀物を運び込んで感謝され、しばらくその地に滞在するが、刺客が追ってきたため、海に逃れる。嵐に遭い、ペンタポリスに漂着したペリクリーズは、槍試合で優勝して、王女タイーサの愛を勝ち得て結婚。ペリクリーズは、身重の妻を伴い、祖国へ向かうが、嵐の海上で妻は娘マリーナを出産し、産褥で死に、その遺体は海に流される。

ペリクリーズはタルススに立ち寄り、太守クリーオンに娘を預ける。やがてマリーナが美しく成長すると、太守の妻ダイオナイザは嫉妬から彼女を殺そうとする。マリーナは海賊にさらわれ、売春宿に売られるが、そこを脱して清い生活をする。娘が死んだと思ったペリクリーズは悲嘆に暮れるが、彼を慰めるためにマリーナがやってくると、親子とわかり再会を喜び合う。しかも夢のお告げどおり、ダイアナの神殿に行くと、死んだはずのタイーサとも再会を果たすことになる。

『シンベリン』 *Cymbeline*

推定執筆年＝一六〇八～一〇年

秘かにブリテン王女イノジェンと結婚した紳士ポステュマスは、王シンベリンから追放される。ローマに渡ったポステュマスがあまりにもイノジェン姫の美徳を褒め称えるので、イタリア人ヤーキモーは「その姫を口説き落としてみせる」と賭けをもちかけ、ポステュマスの手紙を携えてブリテンへやってくる。姫の貞操の固さに攻めあぐね、寝室に忍び込んだヤーキモーは、寝ている姫から腕輪を抜きとり、胸元にほくろがあるのを発見。帰国して、姫と寝たと嘘をつく。騙されたポステュマスは絶望して、従者ピザーニオに妻を殺せと命じる。ピザーニオの配慮で、姫は男装してフィディーリと名乗り、ローマへ向かう。途中、二人の若者（実は誘拐された王子）グウィディーリアスとアーヴィラガスに会うが、薬を飲んで仮死状態になった姫を彼らは死んだと誤解。イノジェンを手籠《てご》めにしようとポステュマスの服を着てやってきた王妃の馬鹿息子クロートンは真の王子と争い、首を切り落とされる。息を吹き返したイノジェンは、夫の服を着た首無し死体を夫と誤解。ポステュマスは、ローマ対ブリテンの戦争に死を求めて参加、捕虜となる。最後に、悪い王妃は死に、シンベリン王のもとに一同が会し、ヤーキモーが悪事を白状する。男装の姫は、ポステュマスと涙の再会を果たす。

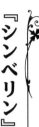

『冬物語』 *The Winter's Tale*

推定執筆年＝一六一〇～一一年

シチリア王レオンティーズは、突然の嫉妬に駆られ、王妃ハーマイオニがボヘミア王ポリクシニーズと不倫をしていると思い込む。臣下のカミローにボヘミア王暗殺を命じるが、カミローがボヘミア王とともに逃げたため王は疑念を確信へ変え、妃を投獄、生まれたばかりの王女パーディタを不義の子と決め付けて捨てさせ、アポロンの神託も無視して王妃を裁こうとしたため、神の怒りに遭い、王子マミリアスと王妃が死ぬ。王は後悔の日々を送る。

十六年経って、羊飼いに拾われたパーディタは立派な娘に成長し、ボヘミア王子フロリゼルと恋仲にある。ところが、王子が父に内緒で結婚しようとしたため、父王は娘に追放を命じる。王子と娘は逃げて、シチリア王のもとへ行き、そこで娘がパーディタだと判明する。しかも、侍女ポーリーナが死んだ王妃の彫像を動かしたことにより、王妃が生きていたとわかって、皆が喜ぶ。ポーリーナの夫アンティゴナスはかつてパーディタを捨てに行かされて熊に食われてしまったが、王は彼女をカミローと結婚させる。

劇の後半は、愉快な泥棒オートリカスと間抜けな羊飼いの滑稽があり、ぐっと明るく楽しい展開になる。羊飼いたちはパーディタの父兄として貴族にとりたてられる。

『テンペスト』

The Tempest

推定執筆年＝一六一〇～一一年

ミラノ大公プロスペローは、弟アントーニオに地位を奪われ、当時二歳だった娘ミランダとともに孤島に流されて十二年の月日を数えた。島の近くを弟とナポリ王アロンゾーらの船が通ると、プロスペローは魔法で嵐（テンペスト）を起こし、船上の弟とナポリ王らを上陸させる。

アントーニオは王の弟セバスチャンを唆《そそのか》して王を殺害しようとするが、妖精エアリエルに妨害される。島に棲む怪物キャリバンは、プロスペローの支配から逃れようと、船から降りた道化トリンキュローと料理人ステファノーに頼んでプロスペローを殺させようとする。ナポリ王の一行とはぐれて岸辺にいたナポリ王子ファーディナンドは、エアリエルの音楽に導かれてミランダと出会い、二人は恋に落ちる。それはプロスペローの計画どおりだったが、プロスペローは王子に労働を課して、愛の試練とする。そして、二人の婚姻を言祝《ことほ》いで、妖精たちによる魔法の余興を見せる。しかし、キャリバンらの計画を思い出し、余興を中止し、ステファノーらを懲らしめる。弟やナポリ王に復讐しようとしていたプロスペローは、最後に彼らを赦すことにし、魔法の杖を折り、書物を海に捨てる。そして、独り舞台に残ってエピローグを語り、魔法の力が消えたことを告げ、拍手によってナポリへ帰してくださいと観客に語りかける。

『二人の貴公子』

The Two Noble Kinsmen

推定執筆年＝一六一二〜一三年

アテネ公爵テーセウス（『夏の夜の夢』の公爵と同一）は、テーベ王クレオンに夫を殺された三人の妃にクレオン成敗を訴えられ、テーベに戦争を仕掛け、クレオンの二人の甥アーサイトとパラモンを捕虜にする。二人は、牢獄から垣間見た公爵の妃ヒポリュテの美しい妹エミーリアに一目惚れして、それまでの厚い友情などなかったかのように争い合う。その後、独り追放となったアーサイトは、変装して公爵の余興に出て、レスリングの試合に勝って歓待され、エミーリアの従者となるものの、彼女に近づくことはできず、獄中ではあっても彼女のそばにいられるパラモンの幸運を羨《うらや》む。だが、パラモンは窓のない部屋に移され、自由なアーサイトの幸運を羨んでいた。

一方、パラモンに惚れる牢番の娘は、彼を牢から出してやるが、森の中で独りさまよい、正気を失う（この場面はジョン・フレッチャーが書いたとされる）。

やがて、二人の貴公子は、テーセウスに捕らえられ、決闘して勝ったほうがエミーリアと結ばれ、敗者は死ぬという約束に同意する。軍神マルスを頼んだアーサイトが勝つものの、直ちに事故死し、愛の女神ヴィーナスを頼ったパラモンがエミーリアと結ばれることになる。

『ヘンリー八世』 *Henry VIII*

推定執筆年＝一六一三年

王ヘンリー八世（エリザベス一世の父、在位一五〇九〜四七年）は、枢機卿ウルジー邸での宴会で、妃キャサリンの女官アン・ブリンを見染める。王は世継ぎが生まれないために長年連れ添ってきた妃を離縁しようとしていた。この離婚を画策していたのもウルジーであり、妃はウルジーを裁判官として認めず、法廷を退席する。王が既に密かにアンと通じていたことを知らなかったウルジーは、ルター派のアンを妃にするなどとんでもないと考え、フランス王の妹を妃に迎える裏工作を始める。これを知った王は怒り、しかもウルジーに莫大な隠し財産があることが発覚し、ウルジーは失脚する。没落するウルジーの優れた台詞は、共同執筆者のジョン・フレッチャーの筆になる。

アン新王妃の盛大な戴冠式の行列の後、ウルジーの死が伝えられ、キャサリンもまた他界する。その後、王の寵愛を得たルター派のカンタベリー大司教トマス・クランマーを異端として告発する新たな陰謀がウィンチェスター司教ガーディナーにより企まれるが、王はそれを看破し、調停する。賑やかな王女エリザベスの誕生祝いで幕切れとなる。

なお、本作品には「すべて真実」の別題名がある。

おわりに

いかがでしたでしょうか。珠玉の言葉をご堪能いただけたでしょうか。シェイクスピア作品に親しむと、台詞の意味合いがいっそう深く理解できます。著者は角川文庫から新訳を刊行中ですので、ぜひ読んでみてください。

さらにシェイクスピアについて読んでみようと思う方に次の本をお薦めします。

河合祥一郎著『シェイクスピア～人生劇場の達人』中公新書
河合祥一郎著『あらすじで読むシェイクスピア全作品』祥伝社新書
河合祥一郎著『シェイクスピアの正体』新潮文庫
河合祥一郎著『謎解き『ハムレット』』ちくま学芸文庫
河合祥一郎著『シェイクスピア『ハムレット』100分de名著』NHK出版
ジェイムズ・シャピロ著『『リア王』の時代』白水社
スタンリー・ウェルズ著『シェイクスピア大図鑑』三省堂
スティーブン・グリーンブラット著『シェイクスピアの驚異の成功物語』白水社
ピーター・アクロイド著『シェイクスピア伝』白水社

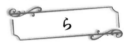

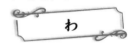

さ

た

な

索引

あ

か

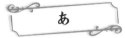

著者紹介

河合祥一郎（かわい・しょういちろう）

東京大学大学院総合文化研究科教授。日本シェイクスピア協会会長（2019-2020）。東京大学文学部英文科卒。東京大学より博士号、ケンブリッジ大学よりPh.D.取得。『ハムレットは太っていた！』（白水社）でサントリー学芸賞受賞。主著に『シェイクスピア――人生劇場の達人』（中公新書）、『謎解き『ハムレット』』（ちくま学芸文庫）、『シェイクスピアの正体』（新潮文庫）、『あらすじで読むシェイクスピア全作品』（祥伝社新書）ほか。角川文庫よりシェイクスピア新訳、角川つばさ文庫より児童文学新訳を刊行中。
Kawai Project主宰として演出も行う。

心《こころ》を支《ささ》えるシェイクスピアの言葉《ことば》 〈検印省略〉

2020年 1 月 18 日 第 1 刷発行
2020年 3 月 4 日 第 2 刷発行

著　者――河合 祥一郎（かわい・しょういちろう）
発行者――佐藤 和夫

発行所――株式会社あさ出版
〒171-0022 東京都豊島区南池袋 2-9-9 第一池袋ホワイトビル 6F
電　話 03（3983）3225（販売）
　　　 03（3983）3227（編集）
F A X 03（3983）3226
U R L http://www.asa21.com/
E-mail info@asa21.com
振　替 00160-1-720619

印刷・製本 (株)シナノ

facebook http://www.facebook.com/asapublishing
twitter http://twitter.com/asapublishing

ISBN978-4-86667-179-6 C0095